파이어플라이관

살인사건

①

파이어플라이관
살인사건

마야 유타카 지음 | 김영주 옮김 ①

북스토리

파이어플라이관 〈부분도〉

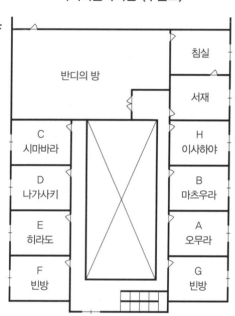

2F

침실
서재
반디의 방

C 시마바라
D 나가사키
E 히라도
F 빈방

H 이사하야
B 마츠우라
A 오무라
G 빈방

1F

목욕탕
탈의실
화장실(남)
화장실(여)

목욕탕
탈의실
세탁
두꺼비집
라운지
주방
뒷문

목차

등장인물

2월 17일 조간신문

행방불명이던 여대생, 사체로 발견. '조지'의 새로운 피해자인가?

16일 오전 7시 30분경, 오사카 부(府) 가시와라 시(市)의 야마토 강둑의 왼쪽 편에서 여성의 사체가 발견되었다. 수사 결과, 피해자는 오사카 시(市)에 사는 대학생 츠시마 츠구미 양(19)으로 판명.

조사에 따르면 사체는 시트로 감싸져 있고 끈으로 목을 졸린 흔적이 있었다. 사후 1개월 정도 경과된 것으로 보인다.

츠시마 양은 1월 12일부터 행방을 알 수 없어 가족들이 실종 신고서를 제출한 상태였다.

오사카 부 경찰청과 가시와라 경찰서는 살해 수법으로 보아 '조지'의 범행일 가능성이 높다고 보고 수사를 진행하고 있다.

1. 파이어플라이관 7월 15일 오후 2시 20분

만약 내가 전생에 전사였다면 사랑하는 사람을 지키고 사랑하는 사람을 위해 싸우는, 그런 인생을 살 수 있었을까? 만약 내가 전생에 전사였다면 목숨을 바쳐 마왕(魔王)에 맞설 수 있었을까? 아니면 나의 전생이 전사였을 리는 없는 것일까?

일주일 걸려 RPG를 클리어하고 해피엔딩의 여운과 함께 기분 좋은 피로감에 잠기며 늘 감상에 젖는다. 나의 이름을 가진 용자와 사랑하는 사람의 이름을 가진 아름다운 공주가 있다. 수행으로 단련한 검술과 여행 중에 만난 동료들에게 도움을 받아 축복 속에 맺어진다. 모니터 너머에는 분명히 나의 분신이, 무수한 시련을 함께한 내 자신이 성공한 자의 영예를 받고 있다. 축복을 받는 나. 세계를 구원하는 유일무이한 존재가 되어 카타르시스를 느낀다. 그에 비해 현실세계에서의 나는 한밤중에 홀로 구부정하게 앉아 그저 감격의 눈물을 흘릴 뿐, 아직 한 명의 공주도 지키지 못하고 있다. 똑같은 나인데.

이윽고 엔딩 영상이 멈추고 스토리가 끝나자 갑자기 허무함이 밀려온다. 조용해진 방 안에는 나 혼자다. 지난 일주일 동안 모니터 속의 나는 무수한 경험을 쌓고 인간으로서 점점 더 크게 성장하여 세계를 구할 수 있을 정도가 되었다. 하지만 정작 컨트롤러를 쥐고 있는 현실의 나는 아무것도 달라진 것이 없다. 그 무엇 하나.

하찮은 나. 있어도 없어도 그만인 나.

이 세상에 있으나 마나 한 부류의 인간은 확실히 존재한다. 무엇인가 특별히 뛰어난 것도 아니고 그렇다고 특별히 뒤떨어지는 것도 아니다. 이 세상에 무수히 존재하는 비슷한 부류와 언제든 교환할 수 있는 그렇고 그런 존재. 있다고 해서 방해가 되는 것은 아니지만, 없다고 해서 걱정이 되는 것도 아니다. 그게 바로 나다. 많은 사람들 속에 매몰되어 인간이나 사회에 대한 어떤 계획에도 참여하지 못한다. 사회의 톱니바퀴조차도 되지 못한다.

물론 남들 눈에 띄고 싶고 칭찬도 받고 싶다. 그런데 그 방법을 모르겠다. 사람들의 시선을 참지 못하고, 딱히 내세워 자랑할 만한 능력도 없다. 아무것도 할 줄 모르는, 조용히 묻혀서 변변찮은 학창시절을 보내고 있는 나. 구원받지 못하는 나날들. 구원받지 못하는 자신······ 전 세계에 대량으로 서식하고 있을 '구원받지 못하는 자신' 중 한 명에 지나지 않는 나.

하지만 변하고 싶다. 변해야만 한다.

이렇게 정체하고 있어서는 안 될, 본래의 나를 되찾기 위해서 그리고 흉측하게 망가진 영혼을 구원받기 위해서 말이다.

모니터 속의 나는 목숨을 걸고 저쪽 세계를 지키고, 사랑하는 공주를 구출했다. 만약 내가 전생에 전사였다면, 아니, 내가 전사라면 할 수 있는 일은 무엇일까. 본래의 나 자신을 되찾고 구원받는 것이며, 그러기 위해서는 사랑하는 이를 위해 악마와 싸우는 것, 단지 그뿐이다. 이것은 명확하다.

가랑비가 내린다.

빗방울이 리드미컬하게 차 천장을 두드린다.

교토 부(府) 중부에 위치한 산 중턱. 파이어플라이관으로 향하는 산길은 2개월 만에 내리는 단비로 촉촉해져 있다. 자동차 앞 유리창 너머로 펼쳐진 초록 풍경. 생기 없이 누렇게 바싹 시들어 있던 산이 수분을 섭취하고는 눈 깜짝할 새에 촉촉함을 되찾았다. 하늘을 올려다보니 마치 교도소의 천장처럼 우울한 암회색이다. 오랜만에 보는 색이다. 여름철에 흔히 있는 소나기가 아니라 이제부터 본격적으로 빗줄기가 굵어질 것 같은 예감이 짙게 드는 그런 색의 하늘이다.

절기상으로는 장마라는데 연일 쾌청한 날씨이다. 주간 일기예보도 월간 일기예보도 새빨간 태양 마크만 가득했다. 처음에는 비가 오지 않아서 좋아했지만, 7월이 됐는데도 계속 태양 마크가 열흘을 넘어 20여 일간 계속되자 아니나 다를까 축 늘어지기 시작했다. 기름진 고기만 먹다 보면 가끔은 신선한 생선이 그리워지는 것과 같은 이치였다. 결국 간사이(関西) 지방에 있는 호수, 비와코(琵琶湖)

호수의 수위가 2미터가량 낮아진 것이 계기가 되어 이미 취수제한을 실시하고 있는 규슈(九州)나 시코쿠(四国) 지방처럼 간사이에서도 절수, 단수를 각오해야 한다는 그런 말들이 막 퍼지기 시작하려는 참이었다.

대부분의 사람들은 이렇게 하면 물 부족 문제도 조금은 완화될 것이라고 안심했겠지만, 이제부터 놀러 가는 사람에게는 최악의 타이밍이다. 어제까지는 그렇게 구름 한 점 없이 맑았으면서. 행복한 이의 그늘에는 항상 불행한 희생자가 존재한다.

그러고 보니 작년에도 같은 일을 겪었던 것이 떠올랐다. 올해만큼 심한 가뭄은 아니었으나 기누가사 사치오°처럼 지칠 줄 모르던 쾌청함이 이 파이어플라이관에 올 때가 되니 갑자기 뇌우(雷雨)로 바뀌었다. 비는 마치 놀리기라도 하듯 우리가 파이어플라이관에 머물던 나흘간 쉬지 않고 계속해서 내렸다. 일부러 우리를 위해서 저기압이 정체하고 있는 건가 싶은 착각이 들 정도였다. 당장이라도 쏟아져 내릴 듯한 무거운 하늘은 작년과 완전히 똑같다.

잠깐, 작년과 똑같다고? 아니, 그렇지는 않다. 작년에는

° 衣笠祥雄. 일본프로야구 연속 출장 기록을 세워 '철인'이라는 별명을 얻었던 선수.

츠구미가 있었다. 첫 번째 여름 합숙. 조수석에 앉아 펩시 콜라를 마시며 츠구미는 쏟아지는 비를 향해 과장스럽게 원망을 했었다.

그런데 올해는 더 이상 츠구미가 없다. 끝까지 지켜주지 못한 공주……

츠구미는 고운 대추 같은 적갈색이 인상적인 눈동자를 지녔고, 차분함 속에 감돌던 밝은 미소가 매력적이었다. 처음 파이어플라이관을 보고 굉장하다며 흥분을 감추지 못하고 하얀 이를 드러내 보이며 웃었다. 그러나 그 미소는 이제 돌아오지 않는다.

"야, 이사하야. 파이어플라이관은 아직 멀었어?"

갑자기 뒷좌석에서 확 깨는 목소리가 들려왔다. 히라도다. 눈앞에 아른거렸던 츠구미의 미소와 그녀에 대한 추억이 히라도의 굵직한 목소리로 인해 한순간에 사라져버렸다. 아아, 츠구미.

히라도는 타고난 목소리가 커서 평소에 말할 때도 일반 사람들 기준으로는 목소리가 크게 느껴진다. 본인은 그 사실을 모르는지 아니면 알고 싶지 않은 것인지 장소에 상관없이 주변을 신경 쓰지 않고 말을 건넨다. 전혀 남한테 싫은 소리를 들을 일 같은 것은 없다는 듯한 얼굴로. 민폐도

16

이런 민폐가 없다.

"내 느낌으로는 슬슬 도착할 것 같은데."

벌건 눈을 깜빡이며 히라도가 묻는다.

"일어나셨어요, 히라도 형? 지금 막 반디 다리를 건넜으니까 이제 곧 보일 거예요. 길이 하나라서 헤맬 일도 없대요."

이사하야는 천천히 핸들을 오른쪽으로 돌리면서 건성으로 대답했다. 앞 유리창 와이퍼는 지루하게 반복적으로 움직이고 있을 뿐이다. 뒷좌석에 서라운드 스피커와 중저음 우퍼를 내장한 카스테레오에서는 귀에 익숙하지 않은 발라드가 흘러 나와 차 안을 가득 채우고 있다. 히라도가 가지고 온 CD다. 평소의 그와는 어울리지 않게 잔잔한 곡들이다. 그래선지 차 안은 히라도가 잠든 다음부터는 조용하고 차분해져서 무심코 츠구미와의 추억에 빠질 수 있는 공간이었는데, 그것도 히라도의 눈치 없이 큰 목소리 하나로 허무하게 무너져버렸다.

"그렇지? 이 위태위태한 다리를 건너면 바로 있었던 것 같다."

자신의 기억대로라는 것에 안심했는지 히라도는 몸을 일으키더니 새치가 뒤섞인 덥수룩한 수염을 빗어가면서 만족스럽다는 듯이 고개를 끄덕였다. 그러고는 담배를 물고 불을 붙였다. 담배 연기가 차 안 가득 퍼진다. 남의 기분도 모르고…….

히라도가 말한 위태위태한 다리란 지금 건너온 2미터 정도의 난간 없는 콘크리트 다리를 가리킨다. 무너지지는 않겠지만 바퀴가 헛디딜 만한 우려는 충분히 있다. 물이 얕아서 아래로 떨어진다 해도 그 결과야 뻔한 것이지만, 그걸 내다보기라도 하고 예산을 짰는지 아주 검소한 다리였다. 그래도 이름만큼은 '반디 다리'라는 멋진 이름을 붙여주었다.

이제 곧 도착하게 될 파이어플라이관은 교토 중부에 위치한 깊은 산속, 후쿠이 현(県)과의 경계선에 인접한 곳에 위치해 있는데 30분쯤 전에 국도에서 갈라진 길로 나온 이후 간신히 포장만 된 좁은 산길이 계속 이어지고 있다. 길 자체는 공공도로이지만 이 앞에는 파이어플라이관만 있기 때문에 다른 이용자들은 없다. 그러니 다리를 날림으로 지어놓은 것도 지자체 입장에서는 당연한 조치일지도 모르겠다.

"그래도 올해는 반디를 볼 수 있을 거라고 생각했는데, 이 날씨라면 작년과 마찬가지로 무리일지 모르겠네. 나는 올해가 마지막일지도 모르는데."

4학년인 히라도는 차창에 흘러내리는 빗방울을 바라보면서 나지막이 아쉬움을 내비쳤다.

"다음에도 참가하시면 되잖아요. 어차피 내년에도 재적(在籍)하시죠?"

이사하야가 등 뒤를 힐끗 돌아본다. 그러자 히라도가 발끈했다.

"거기 좀 조용히 해. 인생만사 새옹지마, 인생의 행과 불행은 서로 끊임없이 바뀌는 법이라고. 만에 하나 졸업할 수 있을지 모르는 거지. 50년 전 사람들은 인류가 달에 착륙할 수 있을 거라고는 꿈도 못 꿨었는데 지금은 달은 물론 화성에서도 살 기세잖아. 내 졸업도 그런 거라고. 1년이면 벼 이삭도 결실을 맺는데."

"뭔가 정확히 와 닿지는 않지만, 히라도 형의 졸업이 아폴로 계획에 필적할 만한 어려운 일이라는 것은 이해할 수 있을 것 같아요. 11년은 걸린다는 말이죠?"

그리고 13년째쯤에서 한 번 차질이 생길 것이다.

"그래도 히라도 형은 '굴러 들어온 호박' 쪽에 가깝지 않나요? 아무리 내년에 졸업한다 해도 그다음이 정해지지 않으면 의미가 없는 것 같은데요. 사람들이 보면 유급보다도 백수 쪽이 더 부끄럽잖아요."

"아, 역시! 그런 관점으로는 생각을 못 했네."

히라도는 본심인지는 모르겠지만 묘하게 감탄한 듯한 표정을 짓고, 갸름한 얼굴 끝에 나 있는 턱수염을 쓰다듬으면서 말했다.

"그러면 어설프게 졸업하는 것보다 내년에도 학생으로 있는 쪽이 나한테나 부모님한테나 더 행복하다는 건가……. 그렇다면 기꺼이 5학년이 될 수 있겠는데."

"덤으로 내년에도 반디를 보러 올 수도 있고 말이죠."

"반디라……. 그냥 반디인지 애반디인지는 모르겠는데, 초등학생 무렵까지는 근처에서 아무렇지 않게 볼 수 있었는데. 강이 가깝기도 했고. 밤이 되면 반디가 파리처럼 방 안으로 들어오기도 했었거든. 그게 당연한 것이라 대수롭지 않았었는데 이렇게 될 줄 알았으면 좀 더 소중하게 대할 걸 그랬네. 꼬맹이 때는 반디는 죽어서도 빛이 날까 싶어서 커터 칼로 아무렇지 않게 자르고 그랬으니까."

히라도는 몹시 안타깝다는 듯이 중얼거렸다.

반딧불은 딱 한 번 외갓집에서 본 적이 있다. 노란색도, 그렇다고 대나무색도 아닌 희미한 빛이었다. 어린 마음에도 아름답다고는 느꼈었지만 굳이 보러 가려고 하지는 않았다. 수많은 관광지 중 하나인 것 같은 느낌이 들 뿐, 히라도만큼 후회스럽거나 그립거나 하지는 않다. 하지만 그 반짝거리던 차가운 감촉은 지금도 분명히 떠올릴 수 있다.

들은 이야기로는 방금 건너온 시냇물을 따라서 반디가 군생하고 있다 한다. 마을에서 떨어진 깊은 산속이고 강도 공기도 오염되지 않아서이겠지만, 이름이 알려지지 않아서 아직 사람들의 손을 타지 않은 탓도 있다. 고지대라 기온이 낮기 때문인지 7월 중순을 지나서도 볼 수 있다고 한다. '있다고 한다'라는 것은 작년에도 비가 왔었기 때문에 보지 못했으니 파이어플라이관의 현재 주인인 사세보 사나이밖에 확인하지 않았기 때문이다.

파이어플라이관이라는 이름은 정확히 말하자면 이 지역의 반디 무리에게서 유래된 것은 아니다. 사세보의 이야기로는 이 저택을 지을 당시 이름을 먼저 지어놓고, 반디가 군생하고 있기 때문에 파이어플라이관을 짓기에 어울리는 부지로 이곳이 선택된 것이라고 한다.

13년 전, 이곳에 파이어플라이관을 지은 것은 '가가 게이지(加賀螢司)'라는 음악가였다. 본명은 같지만 게이지의 본래 한자는 '圭司(규사)'였다. 그런데 반디를 뜻하는 '螢(형)' 자를 넣어 예명을 지을 정도로 반디를 각별히 좋아했다고 한다.

가가 게이지는 20년 전 21세의 나이로 파리의 마르그리트 자크 국제 콩쿠르에서 우승한 후 영국과 일본을 거점으로 세계적으로 활약한 바이올리니스트였다. 23세 때 카네기홀에서 프로코피예프의 제1협주곡을 성공시켜 일약 스타덤에 올랐다. 피부가 희고 우아한 용모에 항상 검은색 의상을 입어서 '블랙 프린스'라는 별명을 갖게 되었고, 프로코피예프와 베르크 협주곡 등, 다수의 CD가 녹음되어 발표되었다. 연주뿐만 아니라 언행에서도 독특한 기질이 있어서 십대 시절에는 바이올린 소나타에 피아노는 필요 없다며 음악학교의 피아노를 때려 부수기도 했고, 두 살 아래의 의붓여동생과 야반도주를 했다고 하는 기행들도 다수 있다고 한다.

　그때까지는—지금도 별반 다르지 않지만—이 주변은 개발되지 않은 삼림이라 제대로 된 길도 없고 산을 넘어 한 시간은 달려야지 인가(人家)를 찾을 수 있는 그런 곳이었다. 그런데 어째서 별장지도 아닌 이런 벽지에 일부러 집을 지었을까? 들은 이야기로는 그는 작곡가이기도 해서 매년 여름이 되면 이 산속에서 잡음에 방해받지 않고 작곡에 집중할 생각이었던 모양이다. 게이지 정도의 유명인이 되면 공식적인 일정 말고도 강연회라든가 서머스쿨 등에 관련된 사적인 의뢰가 끊임없이 들어올 것이다. 그중에는 스승의 부탁이나 모교 관계 등 거절하기 어려운 것도 꽤나 있어서 그는 그 의뢰의 홍수에서 도망치듯이 파이어플라이관에 틀어박혔었다고 한다.

다만, 현재 주인은 가가 게이지가 아니다.

가가 게이지는 10년 전 여름, 스스로 조직한 밸런타인 팔중주단—2월 14일에 결성되었다고 해서—의 멤버와 연습을 위해 파이어플라이관에 머물고 있었는데 그곳에서 멤버 여섯 명을 참살했다. 첫 연주가 가까워졌는데도 아무런 연락이 없자, 이상하게 생각한 매니저가 찾아가서 발견을 했는데 그 당시 가가는 이미 미쳐 있었다. 그가 더욱더 호감을 받을 수 있었던 우아한 용모는 차마 눈뜨고 볼 수도 없을 만큼 형편없어지고 초점을 잃은 눈은 움푹 꺼져 있고 입모양은 일그러져, 당시 31세였음에도 불구하고 며칠 사이에 훌쩍 20년은 더 나이를 먹은 것처럼 변해 있었다고 한다. 참극은 발견 사흘 전에 벌어졌는데, 놀랍게도 그는 그 후에도 사체 여섯 구와 함께 이 집에 머물렀다고 한다.

그런데 팔중주단 중 남은 한 사람, 여성 바이올리니스트인 고마츠 교코의 모습은 발견되지 않았다. 실내에 혈흔이 없어 다른 장소에서 살해를 당했는지, 아니면 자력으로 도망친 후 어딘가에서 숨이 끊어진 건지, 현재도 소식이 분명치 않은 상태였다.

당시 가가는 그 자리에서 체포되었는데 "반디가 멈추질 않아"라고 알 수 없는 말을 되풀이하다 다음 날 아침 병원에서 쇠약사했는데, 사건 이후 사흘간 입에 물 한 모금 대지 않았기 때문이다. 그래도 잠든 얼굴은 편안했다고 한다. 가가가 죽음으로써 결정적 살해 동기도, 고마츠 교코의 행방도 밝혀지지 않은 채 사건은 끝이 났다. 세간에서 큰 이슈가 된 것과는 대조적으로, 막상 사건은 알려지자마자 뜬금없이 막을 내린 셈이다.

그런 센세이셔널한 사건 후, 파이어플라이관은 인수하려는 사람이 없어 방치되었고 폐허로 바뀌었다. 너무 유명해진 탓에 사려는 사람이 나타나지 않는 것이다. 빈집으로 놔둬봤자 팔릴 것이라는 보장도 없고, 또 입지나 땅값을 생각한다면 오히려 손해였다. 그 때문에 파이어플라이관은 사건과 함께 산속에 묻혀 전설과 함께 아무도 모르게 이대로 끝나갈 운명이었을 것이다.

그러나 3년 전, 그 꺼림칙한 파이어플라이관을 아킬리즈 클럽의 OB인 사세보 사나이가 매입한 것이다. 1년 이상의 시간을 들여서 훼손된 부분을 수리하고 자신의 별장으로 삼았다.

사세보는 2년 전에 대학을 졸업했으나 졸업 후에도 아킬리즈 클럽에 종종 얼굴을 보이던 자상한 선배였다. 반듯한 직장이 있는 것도 아니고, 그렇다고 본가가 돈이 많은 집안도 아니었다. 그럼에도 불구하고 그는 자산가였다. 사람들 이야기로는 재학 중에 영국에 본부를 둔 'TOG협회'라고 하는 다단계 회사의 판매망을 간사이에 가지고 들어왔다고 한다. 소위 말하는 간사이 방면의 보스인 셈이다. 이제 TOG협회는 일본에서도 CF가 종일 흘러나올 정도로 거대 조직으로 성장했고, 지사장인 사세보의 이윤도 헤아릴 수 없을 정도가 되었다고 한다.

하지만 아무리 주머니 사정이 좋아도, 왜 여섯 명이나 참혹하게 살해된 별장을 사들이는 모험을 했는가 하면, 그것이 그의 오랜 꿈이었기 때문이라고밖에 설명할 수 없다.

아킬리즈 클럽은 12, 3년 전쯤 전에 설립된 오사카 F대학의 동아리인데, 당초에는 보물을 찾아다니는 로망을 즐기던 것이 주된 활동이었다. 고지도를 살펴보거나 옛날 풍습이 남겨진 곳을 찾아가서 각자의 의견들을 기탄없이 주고받곤 했었다고 한다. 한창 버블경제 시기였던 점도 관계가 있겠지만, 당시에는 일본 각지에서 보물찾기가 유행이었다. 방송국이 도쿠가와의 보물을 발굴한 것도 이 무렵이었다.

'아킬리즈'란 그리스의 영웅 아킬레우스의 영어식 발음이다. 이름의 유래에서도 알 수 있듯이 아킬리즈 클럽에는 옛 역사나 신화에 대한 동경이 존재했을 것이다. 그러다 보물 붐이 지나가고, 버블이 붕괴되고 이어진 불경기가 서민들의 꿈을 빼앗은 결과, 아킬리즈 클럽도 수년 전부터는 허황된 로망을 좇는 것이 아니라 현실적인 즐거움을 추구하는 경향으로 흘러갔다. 그리하여 스릴을 손쉽게 즐길 수 있는 오컬트가 대신하게 되고, 지금은 유령의 집이나 사고가 다발하는 터널을 찾아가는 등 클럽의 이름과는 거리가 먼 그저 담력 테스트 동아리로 변했다.

그 변화를 적극적으로 추진한 것이 사세보였다. 그런 의미에서 본다면 아킬리즈 클럽 중흥의 원조라고 할 수 있을지도 모르겠다. 처음에는 수구파인 선배들과 알력이 있었던 것 같지만, 책상머리에 앉아서 하는 고찰보다는 현지로 직접 가기만 하면 금방 만족할 수 있는, 마치 편의점 같은 간편함이 후배들의 관심을 사고 점차 수적으로도 우세하게 되었다. 타 학교에까지 홍보를 하러 가는 사세보의 열의에 비해, 선배들의 보물에 대한 정열 자체가 해이해졌던 탓도 있다. 그런 동아리의 변화 때문에 사세보 이전의 OB, OG는 전혀 얼굴을 내밀지 않게 되었고, 설령 들렀다 하더라도 보물 찾기에 관심도 없는 현역 회원들과는 이야기가 통할 리도 없었을 것이다.

사세보는 재학 당시부터 "사연 있는 저택에서 살아보고 싶다"라는 말을 빈번하게 했었다고 한다. 평범한 직장인이라면 그저 색다른 호기심 정도의 수준이 아닌 황당한 것처럼 들리겠지만, 아킬리즈 클럽의 멤버라면 그런 꿈도 '해볼 만한 일' 정도로 느낄 수 있는 것이다. 다만, 소망을 이루려면 몇 가지 커다란 장해물이 있어서 보통은 포기할 수밖에 없지만 사세보의 경우에는 생각지도 못한 재물운에 의해 그 꿈이 이루어진 것이다.

오컬트 저택 같은 것은 방치되어 있는 사유지인 경우가 대부분이라 부지에 들어가고 집 안을 탐색하는 것은 당연히 불법 침입에 해당한다. 또한 그런 류의 오컬트 스폿은 폭주족 같은 이들의 아지트가 되는 경우가 많아 잡지 같은 데서 보고 밤중에 가벼운 마음으로 찾은 사람들이 폭주족과 트러블을 일으키는 경우도 빈번하다고 한다. 그래서 경찰이나 폭주족 등을 신경 쓰지 않고 오컬트 저택을 만끽하는 것은 회원들의 바람이기도 했기에, 사세보의 제안으로 공사가 끝난 작년부터 파이어플라이관에서 여름 합숙을 하게 되었다.

사세보의 고집은 날짜에서도 나타났다. 합숙은 작년에도 올해도 7월 15일부터 18일까지. 10년 전 7월 15일 밤에 살인 사건이 일어났고 18일 낮에 발견되었다. 즉, 가가 게이지가 시체 여섯 구와 함께 보낸 기간이기도 하다.

아마도 그 영향인지 현역 회원은 스무 명 정도지만, 오컬트 스폿을 좋아한다고는 해도 아무래도 합숙까지는 꺼려하는 사람들이 많아서 올해 참가자는 사세보를 포함해 거의 3분의 1인 일곱 명뿐이었다.

"저기, 오무라의 차는 잘 따라오고 있나?"

"백미러로 보니 잘 오고 있네요, 히라도 형."

이사하야는 웃으며 대답했다.

자기가 뒤돌아보면 금방 알 수 있는 것을, 그런 것마저도 일부러 그렇게 거만하게 구는 것도 역시 히라도답다. 그는 가입 당시부터 '안 움직이는 애'로 유명해서 선배가 부탁을 해도 온갖 이유를 대가며 뺀질뺀질 피했다. 사세보가 "너는 히라도가 아니라 이와도*야"라고 별명을 붙여준

• '바위 문'이라는 뜻.

적도 있었다. 그리고 제일 고참이 된 지금은 누구에게 지시를 받을 일도 없으니, 후배들을 실컷 부리고 있다. 그럼에도 불구하고 누구에게도 미움을 사지 않는 것은 일종의 어설픔 때문이랄까, 게다가 실은 인정도 많아서 소위 말하는 인덕이 있기 때문일 것이다.

"그래? 오무라는 덜렁거려서 말이야. 방심하면 금세 길을 잃어버린다니까."

히라도는 불쑥 목만 쭉 빼서 이쪽을 보더니 말했다.

"너는 없었지만, 요전에도 옛날 사쿠라가와 터널로 갔다 오는 길에 갑자기 없어져서 고생했었거든."

"나중에 들었어요. 공중전화 박스에서 희뿌옇게 사람 같은 물체가 보인 것 같아서 브레이크를 밟았는데, 그다음엔 뒤처진 걸 따라잡지도 못하고 계속해서 신호에 걸렸었다면서요. 결국은 우회전을 한 번 잘못해서."

"아, 진짜 바보 같은 이야기야. 산속이라 휴대전화도 잘 안 터지는데 말이야. 뭐, 그걸 본 사람이 오무라가 아니라면 나도 혹시나 싶을 텐데, 동승했던 나머지 일행은 그런 건 못 봤다고 하니까 말이지."

"오무라 형이라면 좀 그럴 수 있죠. 아마도 라이트가 비친 거였겠죠?"

히라도를 보며 그렇게 말하고 웃었다.

"에이, 이봐. 그렇게 말하지 마. 그래도 어찌 됐든 너보다는 한 기수 선배라고."

히라도도 껄껄 웃으며 대답하더니 장난기 가득한 눈을 가늘게 뜨며 말을 이었다.

"오무라라면 이곳에서도 반디를 도깨비불이라고 볼지도 모르지. 때 이른 백중맞이라면서 말이야. 단, 비가 그쳤을 때의 이야기이긴 하지만."

"비가 그칠까요?"

이사하야가 그렇게 나직이 중얼거리는 순간, 끝없이 계속된 어두운 숲이 마침내 열리며 파이어플라이관의 시골 냄새 풍기는 문 기둥이 나타났다.

파이어플라이관은 영국의 전원 풍경에서 자주 볼 수 있는 벽돌로 지은 매너하우스*를 흉내 낸 2층짜리 검은 양옥

● Manor house, 장원 영주나 대관의 주거를 말함.

이다. 바로 정면으로 보이는 2층에 책을 펼쳐서 엎어놓은 듯한 작은 맞배지붕과 벽면 밖으로 튀어나온 창이 붙어 있는 현관, 그리고 양 끝에는 커다란 맞배지붕이 한 쌍 높이 솟아 있다. 오른쪽 지붕에서는 굴뚝이 보이는데 실용성은 없고 그저 장식인 것 같다. 나머지는 격자무늬가 들어간 창문이 몇 개 있을 뿐인 고급스럽고 깔끔한 외관이다. 지붕 전체가 검은색으로 뒤덮여 있는 점만 뺀다면……. 벽돌이나 벽 재료, 지붕을 기운 타일까지 모든 소재가 검은색으로 도장되어서 통일감은 있다. 블랙 프린스라는 별명에 걸맞게.

파이어플라이관이 영국의 매너하우스와 확연하게 다른 점은 입지 조건상 주변에 잔디를 깔거나 울타리를 칠 수가 없고, 울창한 너도밤나무 가지가 측면의 창문 쪽으로 뚫고 들어올 기세로 우거져 있다는 점이었다. 깊은 산속, 고양이 이마만큼밖에 안 되는 평지에 억지로 양옥을 지었기 때문에 집 뒤쪽으로 가보면 급경사인 산 표면에 파묻히듯이 붙어 있다. 이를테면 경사면에서 집이 튀어나와 있는 것처럼 보여, 완전히 평평하다고 말할 수 있는 것은 집 토대와 전면에 있는 로터리 부분 정도밖에 없다. 그렇기 때문에 영국식 정원과는 거리가 먼 답답함이 있었다. 당연히 분수

나 테니스코트, 수영장 같은 럭셔리한 부속물도 없다.

울창한 산속에 솟아 있는 검은 저택. 색상부터가 별장이라기보다 '숨어 있는 집'이라고 표현하는 쪽이 훨씬 어울릴 것이다. 가가라는 인물은 작곡을 하다 막히면 기분 전환으로 바이올린을 켰다고 전해질 정도니까 야외 오락 설비 같은 것은 애초부터 염두에 없었을지도 모른다.

다만 파이어플라이관 자체는 숨어 있는 집이라고 부르기에는 부적절할 만큼 거대하고, 2층뿐이기는 해도 열 몇 개나 되는 방이 갖춰져 있다. 가가 혼자 쓰기에는 너무 넓지만, 자기가 결성한 밸런타인 팔중주단의 연습장이나 작품 발표장으로서의 용도도 전제로 했기 때문에 이만한 크기가 되었다고 한다. 매년 여름방학마다 보름 가까이 틀어박혀서 지내는 단원들에게는 2층에 각자의 방이 있었다. 그런데 아이러니하게도 가가가 짧은 시간에 여섯 명을 살해하는 범행을 저지를 수 있었던 것은 바로 그 때문이었다. 가가는 흉기를 들고 한 방씩 방문하여 살인을 거듭했던 것이다. 발견 당시, 칠흑같이 검은 가가의 무대 의상은 피로 물들어 검붉게 변하고 피비린내 나는 악취가 배어 있었다고 한다. 블랙 프린스가 아니라 블러디 프린스로 변모한 순간이었다.

이사하야는 문을 빠져나와 바로 앞에 있는 로터리를 가로질러 파이어플라이관 옆 차고 안에 차를 세웠다.

트렁크에 있는 짐을 내리고 있는데 뒤따라 온 오무라의 소아라*가 옆에 섰다.

"휴, 드디어 도착했네. 이 녀석들, 아무도 운전하겠다는 사람이 없어서 세 시간 동안 나 혼자서 핸들을 붙들고 있었다니까."

문을 열고 내리자마자 오무라가 크게 기지개를 켠다. 척추에서 드득 소리가 난다. 평소에는 새우등처럼 구부정한데 몸을 젖히니 정말 기분이 좋아 보인다. 오무라는 3학년으로, 앙상하게 마른 얼굴에 눈과 치아만 튀어나와 있다. 은테 안경 너머로 두리번두리번 바쁘게 움직이는 눈동자는 평상시의 강한 경계심을 느끼게 한다. 말하자면 이시대의 쥐 남자**라 할 수 있다. 뿐만 아니라 남자한테는 엄하고 여자에게는 지나치게 관대하다. 그러니 인망은 거의 얻을 수 없다.

"게다가 비가 와서 시야는 흐리지 몸이 고생했다니까."

억양이 별로 없는 쉰 목소리. 다만 이 목소리는 피곤해

• 도요타의 고급 쿠페. 현재는 단종되고 렉서스로 판매되고 있음.
•• 미즈키 시게루의 대표작 「게게게의 기타로」에 등장하는 캐릭터.

서 그런 것이 아니라 타고난 것이다.

"저도요. 히라도 형은 결국 뒤에 누워서 잠만 잤지, 바꿔줄까 하는 말 한마디조차 없었다니까요."

이사하야는 목과 어깨를 과장되게 돌리면서 대답했다.

"면허증을 잊어버렸어. 깜빡하고 말이지. 원숭이도 나무에서 떨어질 때가 있는 거잖아."

뒷좌석에서 큰 목소리가 들려온다. 히라도는 여전히 뒷좌석에 누워 있었다. 그러나 태연스러운 얼굴에서 전혀 미안한 기색을 찾을 수가 없으니 진짜로 '깜빡' 잊은 건지 아닌지는 의심스럽다.

"진짜예요?"

이사하야가 물고 늘어지자, "너, 회장인 나를 의심하는 거야?" 하고 실눈을 뜨고 도리어 으름장을 놓는다.

"회장은 신성불가침이야. 그리고 말이지, 설령 면허가 있다고 해서 내가 운전을 할 것 같아?"

"네, 뭐⋯⋯. 그럴 것 같지 않네요."

"그런데 이사하야, 너 운전 솜씨는 영 아니더라. 엄청나게 흔들리는데 난 무슨 목조 관람차라도 탄 줄 알았어."

"그렇게 흔들렸어요? 제가 보기엔 왠지 푹 주무시던 것 같은데."

34

이사하야가 발끈해서 받아치자 히라도는 설법을 하기 전의 스님이라도 되는 양 후홋 하고 입가에 미소를 지었다.

"자각이 없다는 게 문제야. 늘 혼자서 자기 멋대로 타고 다니는 녀석들이 갖는 폐해지. 운전자는 도로 사정을 미리 알고 있으니까 커브에 맞춰서 중심을 이동할 수 있지만, 동승자는 그렇게 못 하잖아. 부드럽게 천천히 옮기게 해야 한다고. 자라 보고 놀란 가슴 솥뚜껑 보고 놀라듯이. 그래, 너도 종이컵에 물을 담아서……."

"여기가 파이어플라이관이에요?"

소아라의 뒷좌석에서 내린 1학년 시마바라의 주위를 아랑곳 않는 목소리에 뻔뻔한 태도의 히라도가 하는 이상한 어드바이스는 맥이 끊겼다. 작고 가녀린 체구에, 역이등변삼각형 모양 얼굴형에, 머리는 노랗게 염색한 금발이 곤두서 있다. 화려한 알로하셔츠를 입고 목에는 레몬색 네커치프*를 하고 그다지 알려지지 않은 해외 브랜드의 시계와 금 목걸이까지 걸고 있다. 패션에 나름의 독자적인 스타일이 있는 것 같긴 하지만 결코 멋있다고 할 수는 없을 것 같다. 160센티미터에 못 미치는 작은 키가 치명적인 것일지

* 목에 두르는 작은 천.

도 모르겠지만. 얼굴형이 약간 비뚤어진 탓에 히라도한테
는 '가지 군'이라 불린다.

"훌륭하긴 하지만, 생각했던 것보다는 평범하네요. 이
정도라면 지난달에 갔었던 와카야마의 폐가 쪽이 훨씬 더
박력 있는데요."

시마바라가 불만족스러운 듯이 중얼거렸다. '와카야마
폐가'라는 곳은 20년 전에 일가족 살인 사건이 벌어졌었다
는 소문이 있는 집을 말한다. 실제로 소문의 사건이 있었
는지 아닌지는 확실하지 않다. 하지만 소문의 사건이 그
지역에서 일어났다는 것은 확실한 데다, 또 그래 보이는
외관을 하고 있는 폐가는 그곳뿐이었다. 물론 리모델링해
서 아무 일도 없었던 것처럼 사용되고 있을 가능성도 높기
때문에 폐가와 사건을 연결할 근거는 존재하지 않는다. 오
히려 관계가 없을 확률이 높을 것이다. 오컬트 스폿이라는
것이 흔히 그런 케이스가 대부분이지만 가는 쪽에서도 그
것을 알면서 즐기는 것이다.

그 폐가는 보기만 해도 20년가량 아무도 관리하지 않았
었다는 흔적이 여실히 드러나 있었다. 토담으로 둘러싸인
옆에는 창고가 있는 전형적인 옛날 시골집이었으나, 지붕
이나 바닥은 덕지덕지 떨어져 있고 회반죽을 바른 벽도 크

게 균열이 간 채 무너져 있어서 이미 주택, 아니 건축물이 라고 부르는 것 자체를 삼가야 하는 대용품으로 전락해 있 었다. 관목이 심어져 있었던 정원에는 허리춤까지 오는 잡 초가 무성해서 크게 이가 빠진 토담과 함께 한낮이라도 누 군가 우두커니 서 있다면 그것만으로도 등골이 오싹해질 만한 박력이 있었다.

"그게 바로 오컬트 스폿의 폐해라고. 폐허와 유령의 집 은 별개야."

히라도가 재빨리 의기양양한 얼굴로 끼어들었다. 이럴 때만큼은 활기차다.

"황폐한 적막감과 망령의 원한을 동일시해서는 안 돼, 가지 군. 동서고금을 막론하고 유령의 집에는 오히려 사람 이 주거하는 경우가 많은 법이지."

"그야 그럴지도 모르겠지만, 보통은 그런 황폐함으로밖 에 파고들 수 없으니까 이미지를 동화하는 것도 어쩔 수 없는 것 아닙니까? 게다가 유령이 나오니까 살던 사람이 나 살 사람이 붙어 있지 못하고 폐허가 되는 거죠. 완전히 상관없다고는 딱 잘라서 말할 수 없는 것 같은데요."

차창으로 히리도를 들여다보면서 시마바라가 반론했다. 말대답이 많다고나 할까, 곧 죽어도 말대답을 한다는 것이 시마바라에 대한 선배들의 공통된 평가였다.

"그 반대지. 손길이 닿지 않아 황폐해졌기 때문에 거기서 의미를 찾고 유령을 만나게 되는 거라고. 인간은 본래가 뻔한 인과관계에서 안도를 느끼는 법이니까. 유령이 나왔다는 소문 정도로 소유하고 있는 집을 처분도 못 하고 방치할 정도의 탕자는 없어. 형식뿐인 고사를 지내고서라도 분명 재사용할 거야. 방치된 집에는 좀 더 현실적인 이유가 있는 거라고. 그리고 그런 비린내가 나는 폐허에는 사실 유령 따위는 살지 않는다니까."

"뭔가 상당히 초 치는 듯한 발언이네요, 히라도 형. 그런데 그걸 말해버리면 아킬리즈 자체가 성립할 수 없겠죠. 게다가 이 집도 계속 방치된 채로 있었고요."

오무라가 트렁크에서 속이 꽉 차 빵빵하게 부푼 보스턴백을 꺼내면서 가볍게 놀린다.

"스폿은 스폿으로써 충분히 즐거운 거야. 유사체험으로서는 정원을 파도나 작은 섬으로 보는 헤이안 시대 사람과 비슷한 정도로 고상한 것이라고 생각해. 단지 나의 테마는 유령의 집의 '공존'과 '구원'이니까. 그쪽을 등한시하고 박력이니 분위기니 하는 발언에는 조금 화가 울컥 치밀 뿐이지. 그리고 파이어플라이관은 유령 같은 소문이 아니라 현

38

실의 살인 사건 때문에 방치되었던 거야. 재사용을 할 방법이 없는 벽지였던 탓도 있을 거고. 그것을 착각하지 마. 덧붙이자면 나는 3년 전까지는 이곳에 유령은 없었다고 생각해. 어디까지나 내 개인적인 주장이지만."

히라도는 졸업논문이라도 쓸 기세로 당당하다. 그 속에 '내 개인적인'이라고 여지를 남긴 것은 집 소유주인 사세보에 대한 배려 때문일 것이다.

"그렇게 말들은 하지만요……."

히라도의 기에 압도당한 듯한 시마바라가 지원군 요청이라도 하듯 이쪽을 돌아보았다.

"이사하야 형은 어떻게 생각하세요?"

무의식중에 구원 요청이라도 하는 듯한 목소리다. 평소에는 늠름하던 눈썹도 그렇게 생각해서인지 축 처진 느낌이다.

"글쎄……, 좀 복잡한 논리는 잘 모르겠지만 이런 차분한 분위기도 좋은 것 같은데. 땅에 발이 닿아 있는 느낌이랄까. 진짜로 유령이 나온다면 오히려 이런 장소일 것 같은 느낌도 들고."

"바로 그거야. 나온다면 바로 이런 곳이지. 유령도 생전에는 인간이었어. 살기 불편한 곳에 그대로 눌러앉기야 하겠어?" 하고 히라도가 만족스러운 듯이 고개를 끄덕인다.

"애시당초 유령의 집은 사람이 살지 않으면 의미가 없다고."

"음……, 나가사키 형은요?"

"나는 오히려 특이한 점이 신경 쓰이던데. 황폐하든지 말든지, 진짜로 유령이 나오는지 아닌지를 떠나서 어딘가 평범하지 않은 구석이 있으면 그게 더 무서워."

"왠지 별로 도움이 안 되는 답이네요."

시마바라가 노골적으로 불만스러운 표정을 지었다.

"그래? 요전에 갔었던 유명한 롯코 산의 산장은 이미 허름하다 못해 무너지기 일보 직전이었는데, 난 그보다 2층에 있는, 천장이 다른 곳보다 15센티미터 정도 낮은 방이 가장 무서웠었거든. 왜, 어째서 여기만 다른 걸까 하고."

그러자 히라도가 웃으며 말했다.

"아주 작은 부분에서 식스센스가 자극된다는 건가. 나가사키, 너는 외모랑 다르게 신경이 예민하단 말이야. 그러니까 위장에 쓸데없이 구멍이 생기고 그러는 거라고."

히라도가 말하는 '외모'란 비만을 가리키는 것이다. 172센티미터에 108킬로그램의 지방 덩어리 몸을. 체지방률은 무서워서 알고 싶지도 않다. 이야기의 내용에 관계없이 히라도는 그것을 수식어처럼 남용했다. 밑도 끝도 없이.

"나도 이쪽이 좋은데."

등 뒤에서 도발적인 목소리를 낸 것은 S여대 1학년인 마츠우라 치즈루였다. 이번 합숙의 홍일점이다.

"폐가면 아무래도 잠은 못 자겠죠? 아니면 시마바라는 이런 빗속에도 낡아빠진 집이 좋다는 건가?"

변성기가 갓 시작된 소년처럼 허스키보이스로 가볍게 웃는다. 위쪽은 검은 테에 아래쪽은 무테인 안경 렌즈 너머로 짙은 밤색 눈동자가 인상적이다.

천진난만하고 귀엽게 웃고 있었지만 그래서 더 시마바라의 비위에 거슬렸을 것이다. 동기생이라는 이유도 있겠지만. 그는 입가를 살짝 일그러뜨리며 정색을 하더니 쏘아붙였다.

"그야…… 폐가도 대환영이지. 분위기를 느낄 수만 있다면야 넝마도 비단이지. 노숙을 하든 외풍을 맞든 대환영이야. 난 누구처럼 연약하지 않으니까."

"내가 연약하다는 거야?"

생각지 못한 반론에 이번에는 치즈루가 화를 낸다. 반듯한 얼굴을 약간 정색하더니 눈동자 색과 맞추기라도 한 듯이 엷은 갈색으로 염색한 쇼트커트의 부드러운 머리카락을 한번 기세 좋게 쓸어 올렸다. 그러고는 얇은 입술을 삐죽거리면서 툴툴거렸다.

"다른 사람도 아니고 시마바라한테 그런 말을 듣다니, 생각도 못 했는데."

"흠. '다른 사람도 아니고'라는 것은 무슨 의미야? 그럼 팔씨름이라도 해볼까?"

그러더니 시마바라는 오른팔을 뻗었는데, 그 팔은 희고 가느다래서 결코 위협을 줄 수 있는 것이 아니라 어디까지 나 유난히 왜소한 치즈루에 비해서 조금 나을 정도이다. 결국은 남녀 차이에 의한 기본적인 우위일 뿐이다.

"생각하는 거 참 단순하네. 결국 팔씨름으로 결정할 정 도의 수준밖에 안 되는구나."

예상대로 치즈루가 쌀쌀맞게 쏘아붙인다.

아킬리즈에는 여자 회원이 3분의 1 정도 있는데, 올해 참가자는 치즈루가 유일했다. 평소에는 무서운 것을 보고 싶어 한밤중에 꽥꽥 소란을 피워대더라도 막상 숙박을 하 기로 하면 모두들 꽁무니를 빼는 것이다. 그런데 이것은 여자들에게만 해당되는 것이 아니라 남자들도 절반 이상 이 이런저런 이유를 들어가며 참가하지 않는다. 그리고 보 면 시마바라나 치즈루나 뭐, 담력은 있다고 할 수 있다.

그러고 보니 작년에도 여자는 츠구미 혼자였다. 츠구미
는 어른스럽고 우아한 겉모습의 이면에는 그런 대담함도
지니고 있었다.

하지만 모처럼의 합숙이 악천후와 이런 사소한 분쟁으
로 시작되는 것인가 하니 살짝 진절머리가 났다. 왜 저러
나 싶어 치즈루를 바라보았다.

치즈루는 목 언저리를 잠근 중국풍의 복장을 하고 있었
는데, 가슴을 감추려는 건지 약간 느슨하게 걸치고 있다.
옷자락에 금사가 들어간 두꺼운 옷감은 여름인 것을 감안
하면 거의 중장비에 가깝다. 한편, 시마바라는 통기성이
아주 좋아 보이는 알로하셔츠 한 장에 반바지 차림으로 꽤
단출한 차림이다. 단, 산속의 기온은 도시에 비해 조금 낮
은 데다 비도 내리니까 똑같이 첫 참가라 해도 시마바라의
착오는 명백하다. 시마바라의 복장도 때와 장소에 맞지 않
는 것은 마찬가지인 셈이다. 화제를 돌릴 생각에 그것을
가볍게 지적하자 시마바라는 변명을 했다.

"저는 추운 건 괜찮아요. 어머니가 호쿠리쿠 지방* 출신
이라서 그런지는 몰라도. 대신 더운 것은 도저히 못 참아

• 北陸地方. 후쿠이·이시카와·도야마·니가타 등 4현의 총칭.

서요. 아직 어려서 신진대사가 활발한 것이겠죠?"

시마바라가 보란 듯이 옷을 펄럭펄럭하며 애써 아무렇지 않은 듯 어색하게 치즈루의 가슴팍을 흘깃 쳐다보더니 안도하는 표정으로 짐을 들고 현관으로 향했다. 스스로 자초했다고는 해도 일단 한 번 뻗은 주먹을 어떻게 집어넣어야 할지 난처해하고 있었으리라.

"억지 부리는 건 여전하네."

쥐남자를 닮은 오무라가 눈알만 굴리며 훗 하고 웃는다. 그리고 빵빵하게 꽉 찬 보스턴백을 어깨에 걸치더니, 호기 있게 소리쳤다.

"이봐, 이사하야! 사세보 형한테는 이 시간에 도착한다고 연락해뒀겠지?"

"한 시간쯤 전에 연락해뒀어요. 그때는 아직 휴대전화 전파가 터졌었으니까. 그랬더니 사세보 형이 준비해둔다고 말씀하셨어요."

"사세보 형 있나 보네."

히라도가 옆에서 끼어든다. 그의 시선 앞쪽에 있는 넓은 차고 안에는 차들이 여러 대 세워져 있다. 제일 앞쪽에 세워진 낯익은 검은색 왜건. 사세보의 애마다. 사세보는 사흘 전부터 파이어플라이관에 선발대로 와 있는 것 같다.

합숙 중에 먹는 것은 걱정하지 말라고 했었으니 분명 왜건 트렁크에 식료품들을 잔뜩 실어서 왔을 것이다.

"어? 차들이 많네요. 저희들 외에도 누군가 와 있나요?"

사정을 잘 모르는 치즈루가 왜건 안쪽에 나란히 세워져 있는 차들을 가리켰다. 검은색 롤스로이스에 벤츠 두 대, 페라리에 볼보 등등. 조명을 받은 모든 차들이 흡사 새 차처럼 반짝반짝 빛나는 것이 흡사 수입차 쇼룸 같기도 하다.

"죄다 엄청 고급차들인데, 저희들 말고도 누가 와 있는 거예요?"

"저건, 일종의 디스플레이야. 뭐, 디스플레이라고는 해도 실제로 탈 수 있다는 것 같지만. 사세보 형의 취미 중 하나지. 제일 오른쪽에 있는 것이 가가 게이지가 애용했던 것과 똑같은 검은색 롤스로이스고, 나머지는 밸런타인 팔 중주단의 다른 멤버들이 여기까지 타고 왔었던 차. 사건 당시를 재현한 것이라고나 할까."

이사하야가 짤막하게 설명을 하자, "아주 본격적이네요" 하고 치즈루가 짧은 뒷머리를 긁적이며 감탄을 하는가 싶더니 이내 정색을 하고는 "설마, 이거 정말 그때 있었던 차는 아니겠죠?" 하고 묻는다.

치즈루의 말에 무심코 고개를 돌리다 히라도와 눈이 마

45

주쳤다. 그러고 보니 그 점에 대해선 생각해본 적이 없다.

"글세……. 사세보 형이 인수했을 때는 사건이 있고 나서 7년이 지나서였으니까. 아무래도 다 갖추는 건 무리지 않을까 싶은데."

고개를 돌리면서 히라도가 대답했다.

"그렇겠죠? 그렇다면 좀 안심이 되네요."

치즈루는 안도하는 시선으로 차를 바라본다. 하지만 그녀는 히라도의 말을 오해하고 있었다. 히라도는 '다 갖추기에는 무리'라고 했지, '당시의 실제 차가 한 대도 없다'라고 한 것은 아니기 때문이다. 사세보가 하는 일인 만큼 분명 진짜가 섞여 있을 것이다. 고급차기 때문에 쉽게 폐차하지 않았을 것이고, 되판 곳도 찾기 쉬울 것이다.

단지 그것을 굳이 치즈루에게 알려줄 마음은 없었다. 일부러 골려주려고 해서가 아니라, 신입생들은 아직 잘 모르겠지만 앞으로 파이어플라이관의 내막을 점점 더 알게 되면 이런 것쯤은 사소하게 느껴질 것이기 때문이다.

"그럼, 나도 어디 한번 슬슬 움직여볼까. 사세보 형을 너무 기다리게 하면 미안하니까 말이야."

으차차차 하며 노인네 같은 말투로 말하며 마침내 히라도가 문을 열고 차 밖으로 나왔다.

이 집의 현관은 집채 크기와는 대조적으로 슬림한 한쪽짜리 여닫이문이다. 위쪽에 걸쳐진 검은 칠이 된 인방*에는 'FIREFLY'라고 새겨진 동판이 걸려 있다. 문을 열면 현관홀이 펼쳐지는데 이는 만들지 못한 정원을 대신한 것이 아닐까 싶다. 정원을 만들지 못한 것에 대한 보상은 아니겠지만, 정면에는 영국의 시골 풍경이 연상되는 커다란 풍경화가 걸려 있는데 참혹한 사건이 있었던 곳이라고 하기에는 어울리지 않는, 여유로워 보이는 그림이었다. 널찍한 현관홀의 정면에는 라운지로 향하는 통로가 있고 오른쪽에는 2층으로 가는 계단이 연결되어 있다. 똑같은 검은색이라고는 해도 집의 외관과는 다르게 실내는 부드러운 느낌이 감도는 검은색으로 다듬어져 있었다.

"시마바라는 우산도 안 가져왔나 보네. 오사카를 출발할 때는 비가 안 왔겠지만 일기예보도 안 봤어?"

히라도와 함께 홀에 도착하자 혼자서만 물에 빠진 생쥐 꼴이 된 시마바라에게 치즈루가 조롱하는 말투로 퍼부었

* 출입구나 창 등의 개구부(開口部) 위에 가로 놓여 벽을 지지하는 나무 또는 돌로 된 수평재.

다. 새하얀 덧니를 드러내고는 천진난만한 미소를 띠고 있는 치즈루의 옷은 물 한 방울 묻지 않았다. 대신 흠뻑 젖은 하늘색 접이식 우산이 뚝뚝 물기를 떨구고 있을 뿐이다. 차고에서 현관 입구까지의 거리는 2, 30미터 정도밖에 안 되지만 천장을 덮어주는 차양이 없어서 그대로 비를 맞을 수밖에 없다. 여기서도 시마바라는 착각을 한 것 같다.

"거참 시끄럽네. 호쿠리쿠 출신이라 추위에는 강하다고 내가 말했지."

그런데 내뱉은 말과는 달리, 몹시 허둥거리는 손놀림으로 가방에서 수건을 꺼낸다. 바닥의 대리석에는 가느다란 물길이 몇 개나 생겨 있었다.

"마츠우라, 너야말로 뭐냐! 차 안에서도 계속 두꺼운 옷 입고, 애도 아닌데 너무 약해빠진 거 아냐?"

수건으로 머리카락을 닦으며 시마바라가 반격에 나섰다. 치즈루는 허약하다든가 무기력하다든가 하는 말에는 남들보다 배 이상 민감해한다. 시마바라도 그걸 잘 알고 있기 때문에 방금 전과 똑같이 일부러 약점을 건드렸고 효과는 즉시 나타났다. 본인이 먼저 시비를 걸었음에도 불구하고 치즈루는 "쓸데없는 참견은 됐어!" 하며 뾰로통해졌다.

"어이구 또 싸워? 니들은 진짜 앙숙이구나. 이봐, 젊은이들 이제부터 나흘간은 공동생활이니까 싸움질은 그만하라고."

차고에서는 자기가 먼저 나서서 시마바라를 놀려댔으면서 히라도가 옆에서 괜히 말리는 척 한마디 거들었지만 내심 싸움을 더 부추기는 듯한 명랑한 목소리다. 그 옆에서 "너야말로 좀……" 하며 쉰 목소리로 작게 중얼거리며 오무라가 젖은 구두를 벗고 있었다. 홀 입구에는 단차가 있어서 거기서 신발을 벗고 슬리퍼로 갈아 신도록 되어 있다. 물론 본래의 매너하우스에서는 찾아볼 수 없는 일본 스타일이긴 하지만 이것은 가가 때부터 있던 것이다.

"오, 무사히 찾아왔구나."

그때 라운지의 문이 열리고 현재의 집주인인 사세보가 나타났다. 블랙 프린스라고 불렸던 가가 게이지를 의식한 것인지 전신이 올 블랙이다. 어떤 의미에서는 훌륭한 코스프레다.

"모처럼 여기까지 왔는데, 올해도 비가 오네. 방금 일기예보에서 그러는데 당분간은 그칠 것 같지 않은가 봐. 이중에 비를 몰고 다니는 남자가 있는 거 아냐?"

사세보는 듣기 좋은 중저음의 목소리로 그렇게 말하고

는 웃었다. 훤칠한 키에 쭉 뻗은 팔다리. 갸름한 얼굴에 날이 선 가느다란 눈썹과 눈매, 그리고 차분한 목소리에 걸맞게 지적인 인상의 이목구비를 가졌다. 게다가 어느 정도 남자다운 면도 있고 선배로서 후배들을 잘 돌봐주기도 한다. '유령의 집'을 추구하는 버릇만 없다면 상당히 준수한 청년이다.

하지만 그의 나이 25세. 나와는 다섯 살 정도밖에 차이가 안 나는데 이 남자는 이미 인생에서 성공한 사람이 되어 우아한 생활을 보내고 있다는 사실에, 사세보를 보고 있으면 언제나 복잡한 감정에 사로잡힌다. 게다가 그의 이러한 성공은 순전히 재능에 의한 것이라기보다 사업적 수완과 운이 좋아 그런 것이라 더더욱 복잡 미묘한 감정이 든다. 사업 수완이란 것이 본래 그런 것일지도 모르겠지만, 어쨌든 어중간한 인생을 벗어났다는 점에서 질투와 부러움을 동시에 느끼게 된다. 적어도 이 사람은 대체 불가능한 존재이니 말이다.

"여섯 명 다 모였네. 작년에는 출발 당일에 한 명이 더 늘었지?"

사세보는 손가락으로 재빠르게 인원수를 확인하더니 그렇게 말했다.

"다카기 녀석이었죠? 전날까지도 집으로 내려갈 거라는 둥 하더니 갑자기 차에 올라타서는. 결국엔 여기까지 와서야 볼 건 다 봤다 싶었는지 그 이후로는 아킬리즈 클럽에 나타나지도 않고 말이죠. 암튼 의욕 하나는 넘치던 녀석이었어요."

히라도가 어이가 없다는 듯 말하며, 어찌나 때가 탔는지 원래 어떤 색이었는지조차 알 수 없게 된 지경의 트래킹슈즈를 여자 옆모습이 조각된 신발장에 아무렇게나 던져 넣었다.

"뭐, 저주라도 걸려서 길에서 객사하지 않으면 다행이겠지만. 그렇게 설치는 거 보니까 정말 위험한 곳이라도 혼자서 아무렇지 않게 들어갈 것 같기도 하고."

"저기, 히라도 선배. 오컬트 프로그램에서는 자주 들었었는데요, 지금까지 이런 스폿에서 화를 당했다는 사람이 있나요?"

치즈루가 태연한 말투로 물었다. 진심으로 걱정하는 것 같아 보이진 않았지만 자신도 몇 번이나 갔었으니 조금은 신경이 쓰이는 거겠지. 글쎄, 하고 히라도는 고개를 갸우뚱하더니 사세보를 쳐다보았다. 사세보도 아니, 하면서 뒷짐을 지며 고개를 저었다.

"졸업 후에 누가 어떻게 되었는지 다 아는 것은 아니지만, 다행히 내가 아는 한에서는 없을 거야. 친구의 친구가 어쩌고 하는 녀석을 뺀다면. 패닉에 빠져서 귀신을 봤다며 놀란 녀석들은 몇 명 있었지만 그 이후에 혼령이 나타났다든가 한 것도 아니고. 비석을 발로 차서 쓰러뜨리거나 유품을 훔쳐 간다면 당연히 그에 대한 책임은 지겠지만."

"돌려달라고 귀신이 집으로 전화를 하기도 한다죠. 그리고 만약 한 명이라도 화를 입은 적이 있었다면 일찌감치 자숙했겠지."

비스듬히 서 있는 오무라가 말했다. 하지만 이 가운데서 영적 현상을 가장 무서워할 것 같은 오무라가 말해본들 센 척하는 것으로밖에 보이지 않는다.

"그런데 분명 죽은 사람이 있다고 하던데, 츠시마 츠구미라는."

1학년 주제에 어디서 주워들었는지 시마바라가 쓸데없는 말을 한다.

"그건 화를 입는 것과는 무관한 거야."

바로 부정하고 시마바라를 째려보았지만 시마바라는 거리낌 없이 말했다.

"그래도 언뜻 관계가 없어 보이는 게 알고 보니 지벌이었다든가 하지 않나요?"

평소라면 몰라도 이번에는 확실히 쓸데없는 말을 했다. 시마바라가 입을 열 때마다 모두의 얼굴이 어둡게 흐려져 간다. 아직 1년도 지나지 않은 생생한 과거.

"원래 지벌이란 건 몇 번씩 일어나서 우연치고는 너무 잦다고 생각될 때 비로소 유추되는 것이고."

"이름이 시마바라라고 했었지?"

사세보가 못 참겠다는 듯이 주의를 준다.

"사정을 잘 모르고 하는 말이겠지만 지벌이라든가 저주로 치부해버리면 츠시마가 너무 불쌍해. 너는 직접 안면이 없어서 모르겠지만 2학년 이상은 1년 가까이 같이 활동을 했었지. 그리고 말이야……, 츠시마는 저기 있는 이사하야의 여자 친구였어. 이사하야 기분도 생각 좀 해줘."

조용하지만 강한 의지를 느낄 수 있는 목소리였다. 그의 표정을 보고 그제야 분위기 파악이 되었는지 시마바라는 입을 다물었다. 힐끔 이쪽을 보더니 고개를 숙인다.

"……미안해요. 말이 심했어요."

"게다가 벌을 받을 거면 이런 사연 있는 집을 사서 살고 있는 내가 먼저겠지."

사세보가 이쯤에서 표정을 누그러뜨리고 말을 이었다.

"자, 현관에 퍼져 있지 말고 모두 안으로 들어와. 긴 시간 여행하느라 피곤하지?"

"자, 그럼, 사양 않고 들어가겠습니다. 이제는 파이어플라이관이 내 집 같네요. 사세보 형, 나흘간 신세 좀 지겠습니다."

가라앉은 분위기를 전환하려는 듯이 히라도가 큰 목소리로 앞장섰고, 다들 따라 들어갔다.

2. 밸런타인 팔중주단 7월 15일 오후 3시 10분

더욱 거세진 빗발이 파이어플라이관에 부딪치며 리드미컬한 빗소리를 연주하고 있다. 마치 빗소리 콘서트 같다.

현관홀에서 짧은 복도를 통과한 곳에 있는 라운지는 무도회를 열 수 있을 정도의 넓이에 살롱을 떠올리게 하는 원단의 클럽 체어와 소파, 마호가니 테이블 등이 놓여 있다. 왼쪽에는 테라스로 이어지는 격자창이 나 있고 다른 삼면에는 벽의 하단을 목재로 붙여놓았다. 격자창의 반대편, 즉 오른쪽 중앙에는 대리석 맨틀피스(안은 가스히터인 듯하다)가 자리 잡고 있었는데 위에는 자그마한 정물화 네 장이 장식되어 있다. 맨틀피스 옆에는 대형 TV와 스테레오 컴퍼넌트 등의 AV기기가 생뚱맞게 놓여 있다. 바닥에는 두터운 암갈색 카페트가 깔려 있고, 창문에는 레몬색 커튼이 쳐져 있다. 모든 것이 10년 전 그대로라고 한다.

검은색을 너무도 좋아한 가가였지만 손님과 담소를 나누는 장소인 라운지만큼은 나무를 의식한 브라운 계열의 부드러운 색조로 통일했다고 한다. 그런 부분에서는 상식적인 사람이었다고 할 수 있겠다.

그 밖에 다른 세간으로는 벽에 있는 오래된 괘종시계와 스탠드용 체스트, 그리고 유일하게 눈에 띄는 베젠도르퍼의 그랜드피아노 정도이니 넓은 공간에 비해 썰렁한 느낌이 드는 것은 어쩔 수 없다. 하지만 여기엔 이유가 있었는데, 팔중주단이 주로 여기서 연습을 하거나 사적인 발표를 했기 때문에 음향을 고려해 최소한의 인테리어밖에 할 수 없었던 것 같다. 사세보의 말에 따르면 벽 하단에 붙인 나무 패널 하나에서부터 소재나 형상을 결정할 때도 음향에 대한 고민이 담겨 있다고 한다.

머리 위에는 백합을 아르데코풍으로 디자인한 듯한 샹들리에가 네 개 달려 있다. 하지만 그보다 꼭 강조하고 싶은 것은 그 위에 유리로 덮인 천장이다. 지금은 비가 와서 별로지만 맑은 날에는 이 넓은 홀 안에 환한 빛이 충만할 것이다. 또 밤이 되면 실내에서 달과 반디를 감상할 수도 있으리라. 당연히 유리 천장 위에는 지붕은 물론이고 방도 없고, 2층은 채광부를 네모나게 둘러싸듯이 복도가 이어져 있어서 각 방은 복도 바깥쪽에 연결되어 있다. 물론 위에서 엿볼 수 없도록 복도에는 창문이 없다. 운치 있는 꾸밈새이지만 그런 구조 탓에 방 수에 비해서 부지가 크다고도 할 수 있다.

"정말 여기서 살인 사건이 있었어요? 저는 왠지 믿기지가 않아요."

구석구석 손질이 잘되어 있는 고요한 기품이 넘치는 실내를 둘러보면서 치즈루가 납득할 수 없다는 얼굴로 중얼거렸다. 그러고는 안경 너머로 눈을 가늘게 뜨며 의심에 가득 찬 듯이 사세보를 본다. 어쩌면 사실은 10년 전의 사건은 모두 거짓이고 평범한 별장을 아킬리즈 특유의 짓궂음으로 복잡한 사연이 있는 것처럼 속이고 있다. 그렇게 미심쩍어하고 있는 것일지도 모른다. 무리도 아니다. 나도 작년에 왔을 때는 똑같이 의심했었으니까. 10년 전에는 아직 초등학생이라서 사건 자체는 희미하게 기억하더라도 사람 이름과 장소까지 확실히 기억하고 있을 리는 없다. 어쩌면 다른 곳에서 발생한 사건을 표절하고 있는 것일지도 모른다. 그것은 오컬트 스폿에서는 종종 일어나곤 하는 일이니까.

"살인이 있었던 것은 여기가 아니야. 너희들이 묵을 2층 침실이라고. 그들, 밸런타인 팔중주단 멤버들은 밤에 각자의 방에서 살해당했어. 각각의 방은 참극의 흔적을 조금이나마 남겨두었지."

사세보는 가장 안쪽에 놓인 클럽체어에 다리를 꼬고 몸을 푹 기댄 채 대답했다. 온화한 얼굴에 입가만 살짝 누그러진다. 그러고 나서 작년과 마찬가지로 "지금부터 가볼까?"라며 덧붙였다. 그러고 보니 작년에 치즈루와 같은 질문을 했던 사람이 바로 츠구미였다.

"……그럼 혹시 우리 살인 사건이 있었던 방에서 자는 거예요?"

이제야 눈치챘다는 듯이 치즈루가 허스키한 목소리로 물었다. 이런 식의 정보는 1학년에게는 고의로 덮어두고 있다.

"그렇지!"라며 사세보가 고개를 끄덕이며 재미있다는 듯 히죽댄다. 가는 눈이 더욱 가늘어진다. 지금은 도망가려고 해도 이미 늦었어. 그렇게 말하는 것 같다.

"당연한 거 아냐? 너희들은 지금 사연 있는 건물에 묵으러 온 거잖아? 그렇다면 풀코스로 즐겨야지 그러지 않으면 의미가 없지."

"맞아, 맞아. 의미 없어."

사세보가 준비한 아이스커피를 쪽쪽 빨면서 오무라가 경직된 웃음을 지으며 나직이 농으로 돌리려 한다.

"또 그러신다~. 맨날 농담만 하고……."

치즈루가 애써 가벼운 말투로 하얀 이를 드러냈지만 찬 동자는 없다. 같은 1학년의 시마바라도 왠지 예상은 했었는지 입을 꾹 닫고 있다. 그도 이제야 겨우 분위기를 파악한 것일 테지. "네?" 하며 치즈루는 한층 높아진 목소리로 되묻는다.

"정말이에요? 실제로 사람이 살해된 방이에요?"

아직도 믿을 수 없다는 얼굴로 두리번두리번 도움을 청하고 있다. 미리 알고 있었으면 몰라도 이 자리에서 알게 된 것을 각오하라고 다그치면 여자인 만큼 더욱 곤혹스럽겠지.

이사하야가 조용히 끄덕이자 치즈루는 체념한 듯이 가볍게 눈을 감는다. 그리고 한 손을 가슴에 대고 크게 심호흡을 한다.

"저는 저주 같은 것을 믿는 건 아닙니다. 신심이 깊은

것도 아니고. 하지만 어딘가 문제가 있는 것 같은 느낌이
드는데요."

"아킬리즈의 멤버로서 상상도 못 할 발언인걸. 너 폐가
에 항상 신발을 신은 채로 들어가? 폐가라곤 해도 일단
은 남의 집이라고."

"그건 그렇지만……."

"예전 주인이 좋은 사람이었냐 나쁜 사람이었냐를 떠나
서 추억이 깃들어 있는 보통 집을 평소 유령의 집이라고
부르면서 떠들어 대고 있지? 그런 이미테이션에 빠지는
것보다 실물을 접하는 쪽이 훨씬 의미가 있는 법이지."

"맞아요, 맞아. 스릴 있고 재미있잖아요?"

조금 전의 일에 복수라도 하듯 시마바라가 목청 높여 도
발한다.

"아니면 마츠우라만 2인실로 해달라고 할까? 누가 마츠
우라를 돌봐줄지는 모르겠지만. 아, 미리 말해두지만 난
싫다."

"돌봐주다니, 무슨 소리야 그게. 난 애가 아니니까 돌봐
주지 않아도 전혀 상관없다고. 얼마든지 혼자서 잘 수 있
으니까."

치즈루가 정색을 하며 얇은 렌즈 너머 암갈색 눈동자로

시마바라를 노려본다.

"아무래도 그렇게는 안 보이는걸. 실은 손이라도 떨고 있는 거 아니야?"

시마바라 자신은 아무렇지 않다는 걸 강조하고 싶은 건지 여봐란 듯이 양손을 흔들고 가장 먼저 일어섰다.

"그렇지 않아. 봐!"

치즈루도 경쟁하듯이 기세 좋게 일어난다.

"잠시 쉬었으니 그럼 안내해볼까?"

사세보가 가느다란 눈에 심술궂은 빛을 띠고 의자에서 몸을 일으키며 현관홀로 걸어갔다.

"엥, 벌써 움직이는 겁니까?"

바다소처럼 의자에 착 들러붙어 앉아 있던 히라도의 목소리에 아쉬운 기색이 역력하다. 굼실굼실하는 동작에서 좀 더 쉬고 싶다는 감정이 확연히 느껴진다.

"어쩔 수 없어. 1학년들이 의욕이 넘쳐나잖아."

사세보가 쓴웃음을 지으며 말하자 히라도는 사세보에게만큼은 거스를 수 없다는 듯, "아……, 아직 커피도 남았는데"라고 투덜거리면서도 천천히 일어섰다.

"커피라면 저장고에 몇 리터나 있으니까 걱정하지 마. 아니면 혼자서 여기서 마실래?"

"그렇게 야박하게 말하지 마세요. 당연히 가야죠."

목소리만 크지 정작 속내는 내키지 않는 듯한 발걸음으로 출입구로 향한다. 그 뒷모습을 보면서 히라도에게 속삭였다.

"사세보 형의 설명을 듣지 않으면 합숙은 시작하지 않는다고요, 히라도 형."

"음, 그렇지" 하며 빙그레 웃는 히라도의 시선 앞쪽에는 치즈루와 시마바라, 두 1학년의 모습이 보였다.

"밸런타인 팔중주단 사람들은 어떻게 살해당한 거죠? 하룻밤 사이에 여섯 명이나 죽일 수 있었다니 권총이나 독약 같은 걸 썼나요?"

현관홀에서 2층으로 올라가는 계단에는 나뭇결이 물결처럼 무늬를 이룬 아름다운 암갈색 난간이 세워져 있다. 그 난간에 손바닥을 대며 치즈루가 물었다. 히라도만큼은 아니지만 그에 못지않게 목소리가 크다. 어딘가 불안한 마음을 달래보려는지 무의식중에 앞머리도 쓸어 올린다.

"그런데 마츠우라는 정말로 오컬트에 흥미가 있긴 한 거야? 아무런 예습도 안 하고 왔어?"

사세보가 치즈루의 얼굴을 물끄러미 응시하는가 싶더니 이내 말을 이어갔다.

"하긴 뭐, 그게 더 주최자로서는 설명하는 보람이 있긴 하지. 그 여섯 명은 10년 전 7월 15일 밤 10시부터 12시까지 거의 두 시간 사이에 자신들의 침실에서 개별적으로 살해됐어. 시체의 가슴에는 모두 은으로 만든 단검이 꽂혀 있었지. 그런데 그게 영화나 드라마에서처럼 멋지게 심장을 단번에 찔린 것이 아니라 참혹하게 난도질되어 있었다고 해. 마지막에 가슴을 찌르고 그대로 두었을 뿐이야. 그러니까 흉기는 여섯 개의 단검이지. 똑같은 단검이 하나 더 없어진 걸로 봐서 남은 한 명도 분명 같은 방법으로 당했을 거라고 보고 있어. 시체는 발견되지 않았지만."

"두 시간이라니! 그런 단시간에 단검으로 일곱 명이나 죽일 수 있는 거예요? 아니면 그 가가 게이지라는 자가 덩치가 크고 힘센 남자였나요?"

"아니, 극히 보통 체격이었어. 오히려 어깨 너비에 비해 팔다리가 길고 히라도나 이사하야 정도의 마른 체형이었어. 그런 가가가 어떻게 그리 간단히 살인을 저지를 수 있었냐 하면, 그것은 바로 파이어플라이관 때문이야."

"파이어플라이관?"

치즈루가 가던 걸음을 멈추고 고개를 갸웃거린다.

"파이어플라이관은 가가 게이지가 스케줄이 없을 때 은 둔하면서 작곡을 하기 위해 만들어지기도 했지만 동시에 밸런타인 팔중주단이 연습하는 곳이기도 했어. 좀 전에 라운지를 봐서 알겠지만. 그래서 2층에 있는 각자의 방에는 각자가 아무 때나 연습할 수 있도록 제대로 된 방음장치가 갖추어져 있었어. 그 때문에 문을 잠그면 비명도 밖에 새어 나가지 않고, 설사 문이 열려서 소리가 복도까지 새었다 해도 다른 방까지는 들리지 않아. 노크 소리도 들리지 않기 때문에 방에는 차임벨이 달려 있을 정도였지. 그 결과 깊은 밤 정적 속에서 일곱 명을 살해하는 그런 말도 안되는 일을 간단히 저지를 수 있었던 거야. 옆방에서 살인이 자행되고 있어도 전혀 알아차리지 못했으니까 말이야."

사세보는 베테랑 관광가이드처럼 유창하게 생동감 넘치는 말투로 이야기를 계속했다. 작년에도 그랬지만 사건의 내레이터라기보다는 흡사 자신이 갖고 있는 물건을 자랑하는 아이의 모습에 가깝다. 그는 파이어플라이관뿐만 아니라 과거의 참극 그 자체를 산 것이다.

"……7월 15일이라면, 오늘이잖아요?!"

"맞아. 오늘 오후 10시. 가가 게이지는 자신의 방에 장식되어 있던 은으로 만든 단검을 몰래 숨기고 멤버들 방을 하나하나 방문한 거야. 그때는 이미 블랙 프린스가 아니라 살인마, 아니 사신(死神)으로서……."

그 순간 사세보가 무표정한 얼굴을 갑자기 치즈루에게 훅 들이댔다. 으악! 하며 엉겁결에 몸을 뒤로 젖히는 치즈루가 넘어질 것 같아서 나도 모르게 그 가냘픈 두 어깨를 받았다.

사세보는 "마츠우라는 겁이 많구나!" 하며 큰 소리로 껄껄 웃었다.

"아니라고요, 진짜. 당황해서 그래요!"

치즈루는 흐트러진 옷매무새를 다듬으며 서둘러 몸을 일으키고 말했다.

"하지만 사건 당일이라면 살해된 사람들에게 있어서는 기일인 셈인데, 괜찮을까요?"

두리번두리번 위를 올려다보며 귀신 나오기에 너무도 잘 어울릴 법한 주변을 둘러본다.

"괜찮아. 기일이라고 해서 뭔 일이 일어나진 않아. 정말로 화를 입는다면 기일뿐 아니라 365일 언제든 화를 입을

수 있어야만 해. 어차피 마츠우라도 그런 낭설을 믿는 것
도 아니잖아. 아까 그렇게 말하지 않았었나?"

"네, 뭐, 저는 안 믿습니다만."

"그렇군. 마츠우라는 겁쟁이였구나."

이때다 싶은지 시마바라가 옆에서 비아냥거린다.

"거참 시끄럽네. 아니라고 했잖아."

치즈루는 입을 삐죽 내밀고 째려보며 벽에서 튀어나와
있는 난간을 잡고 계단을 오르려 했다.

"아, 위험해! 그건……."

2학년 이상이 일제히 입을 모았다. 치즈루는 계단 난간
인 줄로만 알고 체중을 실었지만 그것은 허울만 그럴듯한
단순한 목제 장식일 뿐, 툭 하고 가벼운 소리를 내며 가운
데가 부러져버렸다. "앗" 하는 소리와 함께 쿵 하고 엉덩
방아를 찧는다. 당황해서 손을 내밀었지만 이번에는 한발
늦었다.

"아우, 아파. 이거 뭐예요?"

안경을 고쳐 쓰면서 크링클컷한 프라이드포테이토 같은
나무토막을 멀뚱히 쳐다보고 있었다. 비품을 망가뜨렸다
는 충격 이전에 무슨 일이 일어났는지조차 모르고 있는 것
같다.

"어이, 어이, 벌써야? 아직 시작도 안 했는데도 이러면 앞이 훤한데."

하는 말과는 반대로 사세보는 만족스럽다는 듯이 웃음을 띠고 있다.

"사세보 형. 누구라도 이걸 보면 난간으로 착각한다고요. 아무리 10년 전도 그랬다고 하지만 계속 이대로라면 신입생이 올 때마다 교환해야 할걸요?"

히라도가 대표로 고언을 한다. 작년에는 도착하자마자 다카기가 부러뜨렸다. 다카기가 만지지 않았더라도 다른 누군가가 부쉈을 테지. 그 정도로 착각하기가 쉽다. 이쯤 되면 이것은 고의성이 다분한 트랩이다. 하지만 사세보는 호박에 침주기마냥 아무런 반응이 없다.

"그것도 나름의 재미야. 하지만 걱정하지 않아도 돼. 변상하라고는 안 할 테니까. 참, 다음부터는 계단의 카펫은 두꺼운 것으로 바꿔두지. 엉덩방아를 찧더라도 괜찮도록 말이야."

그렇게 말하며 멈추었던 발걸음을 다시 재촉한다. 고언을 받아들일 생각은 눈곱만큼도 없는 것 같다.

"그럼 이거 어떻게 하면 돼요?"

치즈루가 한 손으로 엉덩이를 문지르면서 나무 막대기

를 휘둘렀다.

"기념으로 줄게. 파이어플라이관의 비품 같은 건 좀처럼 구하기 힘든 보물이니까. 단, 인터넷 경매 사이트 같은데에 올리거나 하면 안 된다."

"안 해요, 그런 짓. 이런 걸 일부러 인터넷에서 사려는 사람한테 제 계정주소를 알려주고 싶은 마음도 없으니까."

치즈루는 엉덩이가 꽤 아팠는지 이번엔 다소 대차게 대꾸했다.

계단을 다 오르자 좌우로 검은 복도가 쭉 뻗어 있다. 조명이 오렌지 빛이 도는 간접조명이라서 대단히 침침하다. 이 지점은 이 집의 남쪽에 해당하기 때문에 복도는 동서로 뻗어 있는 셈인데 양쪽 다 바로 북쪽으로 꺾여 있다. 2층은 라운지의 유리 천장을 사각형으로 감싸듯이 복도가 놓여 있고 동서 복도의 바깥쪽으로 각 방이 쭉 붙어 있다. 복도에는 창문이 없어서 폭에 비해서는 답답한 인상을 준다.

또한 복도는 유리 천장 주위를 도는 게 아니라, 동쪽 복도는 왼쪽으로 꺾어서 '반디의 방'이라 불리는 정북향 방에 닿아 있는 데 비해 서쪽은 객실이 연이어 붙어 있는 것으로 끝이다. 무슨 연유에시인지 회랑식이 아니다 보니 서쪽의 가장 안쪽 객실에서 인접하는 반디의 방으로 가기 위해서는 빙 둘러서 가야 하는 것이다.

객실은 동서 양쪽에 네 방씩 도합 여덟 개이다. 사건 당시 서쪽의 가장 앞쪽 방을 제외한 일곱 개의 방이 차 있었다. 각각의 방문에는 은으로 만든 작은 플레이트가 붙어 있으며 각 방에는 서쪽 안쪽부터 순서대로 CDEFGABH로 독일 음이름이 배정되어 있다.

남쪽에서부터 GABH로 이어지는 동쪽 복도의 끝에는 가가 게이지의 서재와 반디의 방이 있다. 서재 안쪽에는 침실이 있는데 복도와는 닿아 있지 않았다. 현재의 주인인 사세보는 전 주인과 마찬가지로 그 침실에서 숙박하고 있다. 그 옆 반디의 방에는 가가 게이지가 전 세계에서 수집한 반디가 전시되어 있다. 말하자면 반디 박물관인 셈이다. 따라서 2층에 있는 방 중에는 가장 넓다. 다만 현재는 닫혀 있는 방이다. 사세보가 건물을 샀을 때 반디 컬렉션은 거의 궤멸 상태였기 때문에 현재 예전 모습을 찾기 위해 복원 중이라고 한다. 가가가 한 것처럼 세계 곳곳에서 반디를 사들이고 있는데, 그 가운데는 쉽사리 입수할 수 없는 희귀종도 있고 해서 파이어플라이관을 완벽하게 재현하는 데 있어 가장 손이 많이 가는 부분이라고 사세보가 투덜대고는 했다. 그러다 보니 어느 정도 구색이 갖춰지려면 가을 이후에나 될 것 같고 아직은 보류 중이라 문은 닫혀 있다.

"먼저 말해두는데 동쪽, 즉 오른쪽부터 A는 오무라, B는 마츠우라, H는 이사하야의 방이고 서쪽 E는 히라도, D는 나가사키, 가장 안쪽 C는 시마바라의 방이야. 누구 하나 편애 없이 모두 공평하게 범행 현장이었던 곳이니 안심하도록."

오늘 밤 묵을 방을 빠르게 설명한 다음 사세보는 동쪽 복도를 걸어서 안쪽에 있는 가가의 서재로 안내했다.

육중한 흰색 문을 열자 끼익 하고 무거운 소리가 난다.

"여기가 가가 게이지의 서재다. 미쳐버린 그가 사건 후에 발견된 곳이기도 하지."

방의 넓이는 다다미 스무 장 정도 되는 것 같고 실내는 다소 어두컴컴했다. 벽에 붙은 스위치를 누르자 네 귀퉁이의 조명이 휘황하게 켜졌다.

치즈루와 시마바라. 빗속에 섞여 두 사람이 숨을 죽이는 소리가 전해온다.

검은 방이었다. 눈이 아플 정도로 선명한 흑색으로 덮인 벽. 천장. 마치 형광도료처럼 빛나는 검정, 검정. 검정 일색이다. 이걸 보면 복도나 현관의 칙칙한 검정이 방문객을 위해 조절된 것이라는 것을 확실히 알 수 있다. 그 벽에는 꽃병과 과일 물조리개 등의 정물을 그린 유화가 몇 점인가 장식되어 있고 그 모든 것은 거무스름한 색조였다.

이에 비해서 현실적인 인테리어는 의자와 책상, 책장과 같은 기본적인 가구를 제외하면 CD와 플레이어, 악보, 사진액자 등 실내의 넓이에 비해서 얼마 되지 않는다. 마치 모델하우스처럼 사람이 사는 느낌이 없어 보인다. 2차원 캔버스에 그려진 정물이 그나마 현실감을 나타내는 듯한데, 그 회화도 상하좌우의 간격을 자로 잰 듯이 꼼꼼하게 맞추어져 걸려 있었다.

"사세보 선배. 가가 게이지는 정말로 이 방에서 생활을 했어요?"

사람이 생활을 했던 느낌이나 온기라곤 전혀 느껴지지 않는 것이 신경 쓰이는 듯 휙 둘러보며 시마바라가 물었다. 무의식중에 어깨를 쓸어 올리고 있다. 추위에 강하다던 호쿠리쿠 출신에게도 마치 영안실처럼 으스스한 이 방의 한기는 차원이 다른 것인가 보다.

"당시 그대로야. 안쪽에 침실이 하나 더 있는데 같은 방식으로 검정을 기본으로 한 심플한 방이지. 여기뿐만 아니라 도쿄의 맨션도 비슷한 분위기였나 봐. 가가 게이지는 음악이 아닌 활동에는 완전 무관심했지만 음악을 비롯한 미적 감각에는 병적일 정도로 예민했어. 게다가 그는 천재형 인간이니까 그런 것들이 복합적으로 맞물려 빈틈없이 정돈되어 있긴 하지만 이렇게 무미건조한 인테리어가 탄생한 거야."

"그런 겁니까?"

시마바라는 만져봐도 되는지 양해를 구한 뒤 레코드플레이어에 손을 댄다. 플레이어에는 오래된 LP 레코드가 얹힌 채였다.

"조심히 다뤄줘. 당시를 그대로 재현해둔 거니까. 개중에는 귀한 것이 있기도 하니까."

그렇게 못을 박으니 왠지 위축이 되는지 갑자기 손의 움직임이 둔해진다.

"특히 저기 걸려 있는 단검. 저건 이중적인 의미로 귀중한 거라고."

창가에는 체스트가 놓여 있는데 그 위에는 백파이프를 본뜬 나무와 천으로 만든 세공품이 장식되어 있다. 우중충한 진홍색 체크 천주머니에서 단검집이 튀어나와 있다. 파이프 모양을 따라 한 것 같다. 칼집에는 은제 단검이 들어 있다. 다만, 백파이프 본체에 여러 개의 파이프가 달려 있듯이 천주머니에도 단검집이 여덟 자루 있었지만, 단검이 꽂혀 있는 것은 가장 오른쪽에 있는 한 자루뿐이고 나머지 일곱 자루는 비어 있었다.

"자선 공연에 대한 답례로 영국 귀족에게 받은 골동품인가 봐. 원래는 나머지 일곱 자루도 꽂혀 있었는데 10년 전 범행에 사용되었지. 여섯 자루는 피해자의 가슴에 꽂혀 있었고 한 자루는 행방불명. 그게 고마츠 교코가 살해당했다고 추측하는 근거이기도 하고 말이야. 그 결과 저건 마지막 남은 한 자루야."

"진품입니까?"

차고에서와 마찬가지로 얌전한 얼굴로 치즈루가 말을 걸었다.

"응. 그러니까 골동품으로서는 물론 사건적으로도 귀중한 물건이지."

사세보가 가까이 다가와 칼집에서 단검을 뽑으며 말했다. 칼날 길이가 20센티미터 정도 되는 은 단검. 칼날의 예리함을 증명하기라도 하듯 칼날 부분에는 사세보의 옆모습이 비추고 있다.

등골이 오싹해진다.

"이 남은 한 자루는 사건에 사용된 것은 아니야. 하지만 이것과 같은 모양의 칼이 흉기였지. 피해자들은 이 단검으로 가슴과 등을 난자당했어."

사세보가 단검을 양손으로 받쳐 들며 나직이 말했다. 치즈루는 입을 꾹 다문 채로 단검을 뚫어져라 쳐다보고 있었다. 치즈루뿐만 아니라 시마바라나 두 번째 방문인 우리 상급생들도 마치 뭔가 특별한 마력에 홀리기라도 한 듯 그 칼날에서 눈을 떼지 못했다. 시각은 사라지고 그저 리드미컬한 빗소리만이 귀에 들어온다.

"일본도 쪽은 무라마사가 유명하다는데 이 단검에도 뭔가 복잡한 사연이 있을지도 모르겠군. 실은 나도 가끔 무서워질 때가 있어."

사세보가 그렇게 토로하며 단검을 다시 칼집에 넣자마자 주술에서 풀린 것처럼 몸이 가벼워진다. 손에는 땀이 흥건했다.

사세보는 체스트 옆 책상 쪽으로 몸을 돌리며 이야기를 이어갔다.

"가가 게이지는 이 의자에 앉아 책상에 푹 엎드린 채로 중얼중얼 멜로디를 흥얼거렸다고 해. 눈은 초점을 잃어 멍한 채로 출동한 경관들이 두 팔을 붙잡아도 아무런 변화도 없었다고 하더군."

윤이 나는 검은 마호가니 책상 위에는 사인펜과 사세보가 그린 것 같은 방 배정표 메모가 놓여 있다. 사세보는 이 책상을 관상용이 아니라 실제로 사용하고 있는 듯하다. 이제 와서 새삼스럽지만 그 담력에 놀랄 뿐이다.

책상 위에는 그 외에도 갸름한 얼굴의 미인 사진이 액자에 꽂혀 있었다. 나이는 20대 후반. 가는 입술을 누그러뜨리고 덧없는 웃음을 짓고 있다. 윤기 있고 긴 검은 머리에 가는 눈썹. 오른쪽 눈초리 아래에는 작은 점이 보인다.

"이 사진은? 가가 게이지의 애인입니까?"

눈치 빠르게 찾아낸 시마바라가 질문한다. 2학년 이상은 작년에 들었기 때문에 입을 다물고 있었다.

"아니, 이건 당시는 없었던 거야."

"그럼 사세보 선배의 애인 사진입니까?"

고개를 갸우뚱하며 치즈루가 묻는다. 작년에는 츠구미가 똑같은 질문을 했었다.

"아냐, 내 누나야."

"일부러 사진까지 장식해놓았다는 것은, 사세보 형, 누나를 엄청 좋아하시나 봐요?"

시마바라가 장난치듯 가볍게 물었다. 아마도 시스터 콤플렉스쯤으로 생각하고 놀리는 거겠지. 하지만 사세보의 반응은 무거웠다.

"좋아했지. 그렇지만 3년 전에 어이없게 가버렸어. 이건 영정사진 대신이야."

사세보는 쓸쓸하게 중얼거리며 조용히 액자를 덮었다. 의외의 대답에 시마바라도 꽤 겸연쩍은지 고개를 숙인다.

이전에 히라도에게서 들은 이야기로는 사세보는 엄마가 없었고 다섯 살 위인 누나가 엄마 역할을 했다고 한다. 중학생이 되었을 때부터 아버지가 애인 집에 눌러살면서부터 집에 돌아오지 않는 날이 많아졌다. 이윽고 아버지는 사세보가 대학교 3학년 때 췌장암으로 죽고 다른 친척도 없이 집에 남매 단둘이서 쓸쓸히 지내게 되었다. 사세보는 대학을 졸업할 때까지 아버지가 돌아가신 후 문제의 그 애인이 유산과 보험금 배분을 요구하며 자주 집으로 쳐들어왔다는 사실을 알지 못했다. 그녀의 계속되는 집요한 요구 때문에 사세보의 누나는 정신적으로 무척 피폐해졌다고 한다. 그 무렵에 찍었다는, 사진 속 누나의 웃음이 어딘지 모르게 덧없어 보이는 것은 심신의 피로가 겉모습에까지 퍼져 있었기 때문일지도 모른다.

3년 전에 사세보가 TOG협회에서 한몫 크게 잡고 그때까지 살던 집을 팔아 둘이서 새로운 생활을 막 시작하려던 찰나 그동안 쌓였던 스트레스가 화를 부른 것인지 마음의 병을 앓게 되었다고 한다. 그리고 통원치료를 하던 도중 복잡한 출근시간에 지하철 플랫폼에서 떨어졌는데 때마침 들어온 열차에 치어 허망하게 죽었다고 한다.

"무슨 수를 써서든 누나를 행복하게 해주고 싶었다고 몇 번이나 흐느껴 울었어. 우리들 앞에서는 늘 냉정한 사세보 형이 말이야. 자신이 모르는 사이에 고생만 하게 했으니까 이제부터는 편하게 해주고 싶었는데 그렇게 가버렸다면서. 두 달 정도 그런 상태였지, 아마. 그런 환경에서라면 더욱 당연하겠지만 누나를 엄청 의지하고 좋아했겠지."

그 당시를 알고 있는 히라도가 그렇게 알려준 적이 있다. 누이의 죽음으로 천애 고아가 된 사세보는 이후 모든 열정을 이 파이어플라이관에 쏟아붓기 시작했다. 그런 의미에서는 불의의 죽음으로 잃어버린 조각을 파이어플라이관으로 메우려고 했는지도 모른다. 사세보가 파이어플라이관에 보이는 이상할 정도의 고집과 정열도 그 때문이 아닐까 싶다.

그리고…….

"죄송해요, 쓸데없는 질문을 해서."

시마바라가 고개를 숙이며 사과하자 사세보는 웃음을 띠며 말했다.

"괜찮아. 이제 다 지난 일이야."

하지만 그 웃음은 어딘가 사진 속 그녀와 마찬가지로 나약해 보였다.

"그렇다면 가가 게이지의 가족사진 같은 것은 애초부터 없었던 거예요?"

히라도가 적당한 시기를 보아 뒤에서 질문했다.

"아~, 가가 말이지? 당시 가가 게이지는 친형제와는 소원했던 것 같아. 그리고 본인은 아직 독신이었고. 그래서 굳이 꾸밀 사진은 없었던 듯해. 그렇다고 해서 음악가들에게 있을 법한 호모섹슈얼도 아니었어. 야반도주 전과가 있으니까 말이야. 비공식적인 관계로, 홍일점인 비올라 연주자 고마츠 교코와는 불륜관계였던 것 같아."

"고마츠 교코요? 그 행방불명된? 설마 이 건물에 둘의 관계를 입증할 만한 증거라도 남아 있었나요?"

시들었던 꽃이 물이라도 머금은 듯 시마바라라는 풀이 금세 고개를 든다.

"아니, 그런 건 없었지만. 다만 동료들 사이에서는 공공연한 비밀이었다고 해. ……뭐야, 시마바라는 그런 가십거리에 흥미가 있는 거야?"

"아뇨"라며 시마바라는 잠시 머뭇거리나 싶더니 말을 이었다.

"아니, 네, 맞아요. 오컬트랑 맞먹을 정도로 그런 가십거리도 좋아해요. 양쪽 다 저의 속된 호기심을 충족시켜주니까요."

시마바라는 태도를 돌변하여 확고한 말투로 대답했다. 가슴을 쫙 펴기라도 할 기세다. 그러자 사세보도 할 수 없다는 듯이, "그럼 어쩔 수 없지. '속된'이란 단어가 마음에 걸리기는 하지만 서비스로 좀 더 자세하게 가르쳐줄까?"라며 대범한 태도를 보인다.

"좀 전에 불륜이라고 했는데, 비올라의 고마츠 교코는 가가보다 한 살 연하였고 당시 결혼해서 아이도 있었어. 학생 때 한 결혼이라 결혼한 지 10년 가까이 지났을 때였는데, 사건이 있기 1년 전에, 가가와의 만남이 원인이 되어 별거했다는군."

"우와, 막장이네요."

시마바라 옆에서 치즈루가 나직이 말을 곁들인다. 그녀도 여자다. 아침 방송에나 나올 법한 화제에 흥미가 있는 듯하다.

"내게 고마츠에 대해 이야기해준 '관계자'는 원래부터 고마츠와 그 남편 사이에 사랑이 식었다고 했어. 남편은 음대 졸업 후에 음악의 길을 단념하고 회사원이 되었고, 고마츠 교코는 연주가로서 각지를 누비고 다녔어. 그리고 나름 뼈대 있는 집안이었던지 집에 들어오지 않는 며느리를 곱지 않게 보는 시어머니와 친족들이 얽혀서……. 그런 이유에선지 '관계자'는 고마츠 교코를 동정하더라고."

"꽤 자세히 알고 계시네요. 그런 기세로 다른 피해자들 가족도 조사하셨어요?"

"고마츠 교코는 가가의 애인이었고 특별하지. 그 때문인지 어떤지 몰라도 가장 먼저 살해당했다는 것 같으니까. 두 번째로 살해당한 바이올린 마츠토 미츠노부의 나이트가운 등 쪽에 고마츠 교코의 혈흔이 묻어 있었나 봐."

"아, 그렇군요. 혈흔이 발견되었기 때문에 경찰은 고마츠 교코도 살해되었다고 생각했던 것이군요."

갑자기 히라도가 큰 소리로 말하는 것을 보니 이 이야기는 그도 처음 듣는 이야기인가 보다.

"고마츠 교코의 방에는 아무런 흔적이 없는데도 불구하고, 단검이 한 자루 사라졌다는 사실만으로 어째서 살해당했다고 단정했는지가 계속 궁금했었거든요. 아마 가가가 애용했던 명기 스트라디바리우스도 사라졌다죠? 일반적으로 본다면 가해자로 의심받아도 이상하지 않을 텐데."

"나도 그 점이 이상하긴 했지만 새로 입수한 자료에 그렇게 쓰여 있었어. 이것도 흥미를 끄는 것 중 하나지. 사건 당일 밤, 비가 많이 와서 건물 앞의 반디 강의 강물이 급격히 불어났기 때문에 강에 떨어져 그대로 휩쓸려갔을지 모른다고 추정하기도 하지만. 아님, 중상을 입고 도망쳐 연명했을 가능성도 있고, 실제 그녀의 생사는 말 그대로 불명이지만 말이야."

"지금쯤 어딘가에 살아 있을 수도 있는 거네요? 혹시 기억을 잃어버렸다든지."

"서스펜스 드라마 같은데? 하지만 그녀에 관해서는 거기까지가 다야. 그녀의 가정사가 사건과는 관계가 없기 때문에 그 이상은 몰라. 파고들고 싶은 마음도 없고. 다른 피해자들도 경력 정도밖에 조사하지 않았다고. 물론 가가의 이력이라면 눈 감고도 읊을 수 있지만."

사세보는 손가락으로 미간을 누르며 당장이라도 생년월일부터 읊어댈 것 같은 기세를 보였다.

"아무리 부부 사이가 멀어졌다고 해도 고마츠 교코는 아이를 버리면서까지 가가 품으로 달려든 거예요?"

사세보가 숨은 재주를 선보이도록 놔두지 않겠다는 작정은 아닐 테지만 사세보의 말이 끝나기가 무섭게 시마바라가 물었다. 제법 예리한 질문이다. 그러자 사세보는 고개를 갸우뚱하면서 대답했다.

"별거 상태로 이혼까지는 가지 않았다는 것은 분명 양육권 문제로 옥신각신하고 있었던 게 아닐까. 유서 있는 집안이니까 그쪽도 뒤를 이을 자손이 필요했을 테고."

뜬금없이 애매한 억측이 되고, 빛나던 눈빛도 갑자기 희미해진다. 흥미가 있는 일과 없는 일의 차이가 이렇게나 확연하다니 재미있는 사람이다.

"결국 이혼조정이라든지 하는 세속적인 문제는 아닌 거군요."

히라도가 한숨을 섞어가며 감상을 말하자 뒤쪽에서 쉰 목소리가 들린다.

"하지만 실종이라면 사망선고까지 7년 정도 걸리잖아요? 남편은 재혼도 못 하고 곤란한 거 아니에요?"

지금까지 침묵하고 있던 오무라의 쓸데없는 한마디에 순식간에 분위기가 어색해졌다. ……어휴, 정말.

"사세보 형. 그리고 보니 이 안쪽은 가가 게이지의 침실이죠?"

"아, ……침실인가. 거기는 내가 묵고 있으니까 지금은 보여줄 수 없어. 가가 게이지하고 다르게 난 지저분하게 자거든. 애써 구축한 파이어플라이관의 분위기가 엉망이 되어버리고 말 거야."

작년에도 그랬듯이 입꼬리를 살짝 올려 웃으며 가볍게 윙크한다. 사세보에게서는 아주 보기 드문 장난스런 행동이다. 그런데 1년이 지났는데도 여전히 침실은 관상용으로 준비하지 않은 것 같다. 이 부분은 사세보답지 않게 철저하지 못하다. 그게 아니라면 비어 있는 객실이 아니라이 침실에서 자는 것이 주요한 존재증명이 되는 것일까? 그런 생각도 든다.

"그럼 이번에는 여러분이 기다리고 기다린 범행현장을 안내하러 가볼까?"

사세보가 제일 먼저 안내한 곳은 동쪽 복도에서 가장 남쪽에 있는 방이다. 살인이 벌어졌던 일곱 개의 방 중에서 이번에 아무도 묵지 않는 곳이다. 사세보 입장에서는 일곱 개의 방을 전부 보여주며 돌고 싶었겠지만 시간상 도저히 불가능하다. 또한 2학년 이상은 작년에 설명을 다 들었다. 다른 방은 숙박에 사용하기 때문에 언제라도 출입이 가능하다. 그런 이유로 방 G가 뽑혔다.

문 위쪽에는 'G'라는 플레이트가 걸려 있다. 문을 열자 서늘한 공기가 복도로 새어 나왔다. 방 안은 다다미 열두세 장가량 되는 것 같다. 따뜻한 목제 벽과 옅은 살색의 카펫이 깔려 있다. 복도나 서재와는 또 다르다. 라운지도 그랬지만 손님에게 자신의 취향을 강요할 생각은 없었던 것 같다. 데뷔 때부터 '고고한 천재'라는 수식어가 따라다녔다고 하는데 의외로 배려도 할 줄 아는 사람이었을지도 모르겠다.

한쪽에는 침대, 그 반대편에는 앤티크풍의 서가와 옷장이 갖추어져 있다. 침대는 깔끔하게 정리되어 있어 손님을 기다리는 호텔을 연상케 하지만 반대로 서가 쪽은 악보와 문고본이 아무렇게나 세워져 있다. 옆에 있는 작은 테이블에는 오래 쓴 듯한 커피 잔이 덩그러니 놓여 있고 스테레오세트 위에는 CD가 여러 장 난잡하게 쌓여 있다. 침대를 제외하면 마치 타인의 방을 들여다보고 있는 인상이다.

"이 방에서 파이어플라이 사중주단의 첼리스트인 하쿠

이 히로시가 죽었어."

"네? 죽은 사람들은 분명 밸런타인 팔중주단이지 않았나요?"

이상하다는 듯이 치즈루가 물었다. 오로지 신입생이 묻는 역할인 것도 무리도 아니다. 2학년 이상은 작년에 질릴 만큼 충분히 들었다. 파이어플라이 사중주단과 밸런타인 팔중주단의 관계도. 또 한 명의 신입생 시마바라는 어디 있나 하고 봤더니 처음 보는 살인 현장에 넋이 나갔는지 몸을 숙이고 방 안 살림들을 뚫어지게 보고 있다.

"밸런타인 팔중주단은 어디까지나 가가 게이지의 작품을 발표하기 위한 임시 현악합주단이었고, 그 실체는 가가가 조직한 파이어플라이 사중주단과 마츠토 미츠노부라는 바이올리니스트가 조직한 섹스턴 사중주단의 두 현악사중주단이 합쳐진 것이야. 하기야 가가 이외에는 모두가 오케스트라 단원이 본업이었으니까 두 사중주단 자체도 특별편성이라고 할 수 있겠지만. 복잡하지만 뭐 대충 그런 거야. ……이 방의 주인이었던 하쿠이 히로시 말인데, 당시자료에 의하면 그가 가장 심하게 저항한 것 같다고 해. 가장 체격이 좋았던 탓인지 그 때문에 제일 참혹한 방식으로 살해당했어."

"참혹한 방식?"

"아까 이야기한 마츠토 미츠노부는 마츠우라 정도의 호리호리한 체격이었던 탓인지 가슴을 두 번 찔린 것으로 허망하게 죽었지만, 하쿠이의 경우는 격렬한 저항에 비례하기라도 하듯 가슴뿐만이 아니라 배, 등까지 난자당했어. 자창(刺創)은 스물세 군데에 달했는데 열여덟 번째에 이미 숨이 끊어져 있었다고 해. 즉 나머지 다섯 군데는 절명했음에도 불구하고 흥분 상태 그대로 계속 찔러댔다는 셈인데, 그 수법으로 보더라도 가가는 이미 제정신이 아니었다는 것을 알 수 있지? 물론 방도 다른 방과는 비교도 되지 않을 정도로 온통 피가 튀어 있었던 것 같아."

"가가 게이지는 미쳐 있었나요?"

"단, 이게 재밌는 부분인데 이성적인 면도 남아 있어서 이 하쿠이 히로시의 방을 가장 마지막에 남겨두었다는 거야. 방의 배치로 보자면 가운데에 해당하지만 살해당한 것은 가장 마지막. 그것은 즉."

"알았다! 버거운 상대를 마지막에 남겨두었다! 그거죠? 만에 하나 해치우지 못하고 방에서 도망을 치더라도 건물에 둘만 남아 있다면 어떻게든 될 테니까."

득의양양하게 치즈루가 대답했다.

"그런 거지. 완전히 미친 건 아니고 조금은 제정신이 남았다는 거야. 가가는 일곱 번째로 하쿠이 히로시를 죽이고 이 방을 나선 후 피범벅이 된 옷 그대로 서재로 돌아갔다고 해. 여기서부터는 정확한 것은 알 수 없지만, 3일 후 서재에서 발견되었을 때는 안쪽에서 열쇠를 잠근 문을 경찰들이 강제로 열자 쇠약한 가가가 책상에 엎드려 있었다는 거야. 웅얼웅얼 '반디가 멈추지 않아'라고 중얼대면서."

"무슨 의미예요? 반디가 멈추지 않다니?"

글쎄, 라며 사세보는 고개를 저었다.

"그 말의 의미를 아직도 모르겠어. 난 그 말이 가가의 흉악한 범행을 설명할 키워드라고 주시하고 있지만. 아니, 나뿐만이 아니라 당시 경찰들도 그렇게 생각하고 있었지만 결국 오리무중이야. 뭐, 너희들도 여유가 있으면 찾아봐 줘. 의외로 힌트는 아직 이 건물에 남아 있을지도 모르니까 말이야."

반디, 반디 하며 치즈루는 두세 번 입 속에 되뇌었다.

"계속 서재에 있었다고 하면 가가 게이지는 발견될 때까지 아무것도 안 먹었어요?"

"응. 그 때문에 발견된 다음 날 아침에 쇠약사했어. 들은 이야기로는 단 3일 만에 비정상적이라 할 만큼 뼈와 살

가죽만 남아서 마치 수명이 다한 노인 같았다고 하더군."

사세보의 목소리는 조용하지만 입가에는 보조개가 드러난다. 사세보는 사건의 서술자 역할이 무척이나 재미있는 모양이다.

"서재에서 무엇을 하고 있었던 거죠?"

"신곡을 작곡하고 있었다고 생각해. 밸런타인 팔중주단을 위한 곡을 말이야. 만약 발견이 며칠만 늦었어도 곡은 완성되었을지도 몰라. 다만."

"다만?"

치즈루가 이야기에 홀린 듯 물었다.

"서재에 남아 있던 스케치는 종반의 극히 일부였고, 그이전에 몇 달 전부터 그가 썼던 부분이 모두 분실되었어."

"또 행방불명이에요? 혹시 행방불명된 고마츠 교코가갖고 나갔을지도 모르잖아요."

"한때 그런 소문이 떠돈 적이 있었지만 금세 사라져버렸어. 가장 중요한 신곡이 바깥에 드러나지 않았으니까. 제1번과 공통된 멜로디를 쓰고 있다는 것은 알려져 있으니 가령 다른 명의로 출판되어도 바로 들통 난다고 해."

"어쩌면 가가 게이지의 가족들이 몰래 파기해버린 것은아닐까요?"

"아냐, 그럴 리는 없을 거야. 경찰도 조사한 것 같고. 미쳐버린 가가가 태운 게 아닐까 하고 일단은 생각하는 것 같아. 옛날에 비슷한 작곡가가 있었대. 그 사람은 사람을 죽이거나 한 건 아니었지만 정신병을 얻어 수용된 병원에서 자기 악보를 화장실 휴지 대용으로 쓰고 있었다는군."

침대 옆 사이드테이블에는 안경과 수첩이 놓여 있고 옷장 안에는 양복 몇 벌이 걸려 있었다. 마치 이전부터 사람이 살고 있었다는 듯이 갖추어져 있다.

"사세보 형. 여기 있는 건 모두 죽은 하쿠이 히로시의 것인가요?"

분위기에 압도된 듯 시마바라가 돌아다본다. 고인의 의상에 손을 대어도 괜찮은 건지 망설이는 모양새로 어중간하게 손을 흔들고 있다.

"아니, 그렇지는 않아. 내가 이 집을 인수했을 때는 세월도 이미 많이 흘러 있었고 당시에 유족들이 처분한 것도 있으니까. 가구는 어떻게 해서 복구했지만 대부분의 소소한 것들은 새로 주문한 것들이야. 별로 힘들지 않게 그 당시 방의 사진 따위를 입수해서 그걸 참고로 한 거야. 그러니까 완벽하다고는 할 수 없지만 사건 당시의 상황을 거의 재현한 셈이야."

"그럼 이 안에는 진품도 있다는 거군요."

"응, 유족들한테 들키지 않게 입수한 것도 있어. 거기 케이스에 들어 있는 바이올린도 그렇고. 예를 들면…… 이 안경은 진짜야. 실제로 하쿠이 히로시가 썼던 것이지."

사세보는 만화경을 보듯이 안경을 들여다본다. 그에게는 렌즈 너머로 죽이려고 덮치는 가가와 최후의 저항을 하는 하쿠이의 모습이 비춰지고 있을지도 모른다.

"철저하시네요."

"어렵게 꿈을 이뤄가는 거니까 철저하게 하지 않으면 의미가 없지 않겠어? 적당히 타협해봤자 후회만 남을 뿐이지. ……뭐, 그 때문에 꽤나 고생을 했지만 말이야. 다큐멘터리 방송에서 나의 고군분투하는 모습을 다루어줬으면 할 정도라니까. 배경음악으로는 나카지마 미유키의 노래를 깔아서."

사세보는 충분히 만족스럽다는 표정으로 가슴을 쭉 편다. 확실히 이렇게까지 신경을 쏟는다면 그 열정은 존경할만하다. 결코 방송이 될 리는 없겠지만.

"당시 물건들을 입수하게 된 방법 같은 게 TV에 나오면 위험한 거 아니에요? 유족들이 쳐들어올 거예요."

말할 필요도 없는 뻔한 일을 오무라가 말했다. 두 번째

라서 여유가 있는 모습이지만 작년에는 가장 얼굴이 경직되어 있었다.

"창문이 이중으로 되어 있네요."

치즈루가 새로운 것을 발견하고는 다시 입을 열었다.

예전의 살인 현장이라고는 해도 아직은 낮이기도 하고, 두루두루 손질이 잘되어 있어선지 아직은 그다지 음습함이 느껴지지 않는다. 신경 쓴 잡동사니들을 제외하면 널찍하고 품위 있는 침실이다.

시마바라에 비하면 처음에는 몸이 경직되어 있던 치즈루도 이제 조금 적응이 됐는지 종종걸음으로 창가에 가서 커튼을 열어보기도 한다. 역시나 고인의 옷장은 그냥 지나쳤지만.

"아까도 얘기했지만 방음을 위해서야. 언제든 혼자서 연습할 수 있도록 말이야. 테이블 옆에 보면대가 서 있지? 벽도 봐봐."

그렇게 말하며 사세보는 가까운 벽을 주먹으로 세게 두드렸다. 보통의 벽과 달리 뭔가가 막힌 듯한 둔탁한 소리가 난다.

"이렇게 해도 옆에는 들리지 않아. 벽뿐만이 아니라 당연히 문도 그렇고."

"사치스러울 정도네요. 우리 학교 취주악부는 방음이나 차음(遮音) 같은 것은 꿈도 못 꾸고 여기저기서 빠빠빠빠 얼마나 시끄러운데."

"S대학 오케스트라부는 들어본 적 있지만 취주악부도 있었나 보네."

시마바라가 의외라는 듯 묻는다. 시마바라는 쿠루피라 같은 힙합계의 이야기를 자주 해서 오케스트라와는 인연이 없는 듯한데, S대학에 아는 사람이라도 있는 걸까.

"네, 있어요. 상당히 마이너이긴 하지만. 그래서 제대로 된 공간도 없이 옥외에서 빠빠빠빠 하고 있죠."

"방음 말인데, 음악상의 이유가 주된 것이지만 그 외에도 가가 본인이 극도로 예민했다는군."

주최자인 사세보가 이야기를 되돌렸다.

"방음 설비는 객실뿐만 아니라 파이어플라이관에 있는 모든 방에 되어 있어. 문만 닫으면 바로 고립된 세계가 되는 거지. 당시 가가의 연주평에 의하면 가가의 실연은 관객들을 홀려버리는 박력이 있는 것이었다고 해. 그것도 열정적으로 몸짓을 섞어가며 전면에 표출하는 형식이 아니라 정적 가운데 가느다란 선율이 조용조용하게 끊임없이 외줄기로 뽑아져 나오는 듯한 느낌으로, 그 긴장감은 이루 말할 수 없을 정도로 굉장했다는 평이었어. 유감스럽게도 나도 실연은 들어본 적이 없지만 말이야. 남겨진 CD는 실연에 비하면 차분하다는 것 같아. 그래도 라이브 영상이 몇 개 남아 있어서 얼마 전에 겨우겨우 입수해서 봤는데 등에 식은땀이 날 것 같은 오싹한 연주였어. 뭐랄까, 집중력이 장난이 아니었어. 이대로 영원히 연주가 계속되는 것이 아닐까 하는 기분이 들어서 왠지 무서웠어."

그 이야기를 전하는 사세보 자체도 우리를 홀려버릴 듯 박력 있는 표정을 짓고 있다.

"정적 속에 사는 사람이었나요?"라며 치즈루가 물었다.

"섬세한 신경의 소유자였을 거야. 그리고 지나치게 예민한 감각의 균형이 무너져서 급기야 살인을 하기에 이르렀다고 경찰과 세상은 결론짓고 있어."

"천재와 뭐는 종이 한 장……. 그렇지만 지금은 이렇게 깨끗하니 그렇게 신경 쓸 필요 없겠죠."

애써 안도의 표정을 보이는 치즈루에게 "과연 그럴까?" 하고 사세보가 짓궂은 웃음을 지었다.

"무슨 의미죠?"

"여길 봐."

사세보는 그렇게 말하고 입구에 쭈그려 앉아 카펫 끝을

들췄다. 마룻바닥에 곰팡이가 핀 것처럼 거무스름한 얼룩이 군데군데 보인다.

"이거 핏자국이에요?"

치즈루가 쭈뼛쭈뼛 묻는다. 사세보는 입가에 보일 듯 말 듯한 웃음을 지으며 조용히 끄덕였다.

"당시의 카펫은 역시나 쓸 수가 없어서 새로 주문했지만 마루는 당시 그대로야. 당연히 거기에 붙어 있는 혈흔도 그대로지."

"정말 악취미이시네요. ……이 정도면 거의 그로테스크한 것 아니에요?"

치즈루는 다소 비판적인 눈빛으로 사세보를 올려다보았다. 심지가 굳어 보이는 동작, 광택 있는 눈동자가 츠구미를 생각나게 한다.

"이런, 이런. 혈흔은 오컬트 스폿의 기본이라고. 게다가 카펫에 배어 있던 정도니까 대단한 양도 아니지. 이를테면 명검에 붙은 피녹이라고 할까. 물론 혈흔은 이 방뿐만이 아니라 양의 많고 적음을 떠나서 일곱 개의 방에 모두 남아 있어."

사세보가 천진난만하게 웃는 얼굴로 신입생 두 명을 바라본다. 그 미소가 너무 자연스러운 나머지 매혹적이기까지 하다. 이것은 그저 모두를 겁주기 위한 위장이 아닐까, 혈흔을 그대로 남겨둔다는 건 역시나 도가 지나친 게 아닐까…… 하는 의심이 들기도 한다. 작년에는 오히려 그 의심이 사실이기를 바라며 묵었었다. 그렇지만 사세보라면 어쩌면…….

"이걸 보니 참극이 있었던 집다운 분위기가 나네요."

시마바라가 말했다. 사세보의 웃음에 홀려서 입을 꾹 다물고 있는 치즈루와는 대조적으로 시마바라의 가는 눈이 한층 더 가늘어진다. 치즈루 앞이라서 센 척하는 건가.

"하지만 오해는 하지 말아줘. 혈흔 따위는 원래 부차적인 문제라고. 오히려 이 건물이 갖고 있는 묘하고 기이한 분위기에 주목해줬으면 좋겠어. 그것을 위해 가능한 한 모든 것을 당시 그대로 보존하고 있으니까."

"나가사키 형 같은 말씀을 하시네요. 하지만 저는 아직 잘 모르겠어요. 괴이하니까 사건이 일어나는 게 아니라 사건이 일어났으니까 괴이하게 느끼는 게 아닐까요?"

시마바라는 도전하듯이 사세보를 보았다. 어디든 반발하고 싶은 나이일 테지. 하지만 말한 내용은 히라도 것을 가져온 것 같고 게다가 그것도 보기 좋게 오용하고 있다.

"파이어플라이관에는 광기가 잠재해 있어. 사람을 일곱

명이나 죽였을 만큼. 그것도 노골적인 것이 아니라 보다 미세한, 심장의 주름마저 오들오들 떨리게 할 만한 무심한 광기가 말이지. '잘 설명은 못 하겠지만 뭔가 이상한' 그런 무심함 있잖아. 그런 것들이 알게 모르게 마음속에 침투해 있어. 뭐, 돌아갈 때쯤엔 시마바라도 이해하게 될 거야."

수수께끼처럼 이해할 수 없는 미소를 띠는 사세보. 그러고 나서 안내는 이제 끝이라는 투로 방을 나선다.

"그래요? 그럼 돌아가기 전에 끝까지 밝혀볼게요."

사세보의 모습이 너무나도 자신에 차 있었기 때문에 시마바라도 쓸데없는 말을 덧붙이지 않고 고분고분 물러날 수밖에 없는 듯하다.

"사세보 형은 파이어플라이관에는 자주 오세요?"

교대로 치즈루가 말을 걸었다.

처음에는 혈흔과 유품에 압도되어 기가 죽어 있던 그녀도 조금씩 익숙해졌는지 평소의 힘 있는 말투로 돌아왔다. "응?" 하며 사세보가 돌아보았다.

"그게 그러니까, 아무리 깨끗하게 정리했다고 해도 원래는 살인 현장인 셈이잖아요. 혼자면 특히나······."

"음, 그렇지. 나도 사실 1년에 몇 번 올까 말까 할 정도? 아무리 내가 이런 걸 좋아해도 가끔 분위기를 즐기는 것뿐이지 계속 살 마음은 없으니까. 일단 여기까지 오기도 불편하고, 살인 현장이라 여자를 데려오기도 좀 그렇잖아. 하기도 전에 바로 도망가 버리고 말 거야. 난 무리하게 하는 건 싫거든."

"그렇겠네요."

치즈루는 노골적인 표현에 다소 얼굴이 경직된다.

"그렇다고 사연을 숨기고 있다 해도 금방 들켜버리고 말아. 좀 전에도 말했지만 이 건물은 기이하잖아. 느낌이 오는 거지. 그렇게 되면 분위기는 최악이야."

실제로 쓰라린 경험이 있었던지 씁쓸하게 웃는다.

"여기에 데려오려고도 했어요? 사세보 형 도전정신도 정말 대단하시네요."

히라도가 "으하하하" 큰 소리로 웃는다.

"나도 참 어렸었지."

"지금도 충분히 젊으시잖아요. ……그보다 라운지에 좀 누워 있어도 될까요? 아무래도 여행의 피로가 안 풀려서."

여봐란 듯이 어깨를 축 늘어뜨리고 등이 구부정해진다.

"여전하네, 히라도는. 그리고 보니 작년도 그랬었지. 그래, 좋아. 하지만 아직 방에 짐은 풀지 말아줘. 여흥을 돋우려면 이 방을 써야 하니까."

"여흥? 그게 뭐예요?"

자신의 방을 확인하려던 시마바라와 치즈루가 동시에 고개를 들더니 입을 맞춰 물었다.

"담력 테스트야. 여름 하면 바로 이거지."

사세보는 장난스럽게 윙크했다.

"선배님, 고사는 지냈어요?"

치즈루가 거의 체념한 표정으로 묻자, "왜?"라며 당연한 대답이 돌아왔다.

"그런데 선배님은 정말로 이 건물이 마음에 드시나 봐요. 보세요, 먼지가 하나도 없어. 작년에는 리모델링한 지 얼마 지나지 않아서라고 생각했지만 정말로 꼼꼼하게 청소하셨네요."

오무라가 맨틀피스 테두리를 시어머니처럼 집게손가락으로 스윽 하고 문지르더니 청결함에 감동했다는 듯 중얼거린다.

"그렇지? 형은 가가 게이지가 예민했다고 말하지만 형

본인도 그에 못지않게 예민할지도 몰라. 형이 재학 중일 때 몇 번이나 형네 집에 가 보았는데 방은 깨끗하게 정돈되어 있고 차도 항상 반짝반짝했어. 이 정도까지 하려면 역시나 열정이 없고서는 안 되겠지만."

히라도가 안쪽 주방에 시선을 두면서 대답했다. 사세보는 라운지에서 사라져 1학년 두 명을 데리고 주방에서 저녁 준비를 하고 있다. 사세보는 학생 시절부터 요리 담당이었기 때문인지 요리에는 자신이 있었다. 작년에도 나흘 동안 포아레며 크림고로케며 자신 있는 요리들을 직접 만들어주었다. 그에게 이 건물의 모든 것들이 소중한 컬렉션이자 주방도 당연히 그 일부일 테니까.

다만 보조로 도와주고 있는 1학년 두 명, 특히 시마바라는 이만저만 고생이 아닌 것 같다. 요리에는 익숙하지가 않은지 어찌할 바를 몰라 헤매고 있는 소리가 들려온다. 평소 쿨하게 행동하는 만큼 더 반전이 있어 우스꽝스럽다. 양배추가 괴로워하며 도망가요, 라는 둥 오묘한 반론도 들려온다.

"사세보 형이라면 청소도 혼자서 다 하지 않을까 하고 생각하게 만드는 것도 굉장해요."

오무라는 여전히 감탄하며 건너편 의자에 앉았다. 신중

하게 손을 뻗어 테이블의 찻잔을 든다.

"하지만 이 정도로 깨끗하면 반대로 긴장돼요. 그러고 보니 마츠우라는 아까 화장실 앞의 야자나무 화분을 넘어뜨리고 꺄악 하고 소리치고 있던데요. 푸른색 화분은 이가 나갔지, 반짝반짝하던 바닥에 흙을 뿌리지, 저 녀석은 정말 얼간이 같아요."

1미터 정도 크기의 야자나무 화분은 화장실로 가는 복도 끝을 돌아 바로 튀어나와 있었다. 치즈루는 비뚤어진 안경을 매만지며 화분을 세우고 흙을 다시 담고 있었는데, 이것 역시 좀 전의 난간과 마찬가지로 사세보의 악의적인 함정이라고밖에 생각할 수 없다. 하기야 둘 다 걸려들었으니 얼간이라는 소리를 들어도 어쩔 수 없지만. 치즈루는 자신이 매사에 똑똑하게 처신을 잘하고 있다고 굳게 믿고 있는 타입이라 만약 지금 오무라가 말한 것을 그대로 들었다면 꽤 충격일 것이다.

"무슨 소리를 하는 거야! 저 화분은 너도 작년에 넘어뜨려서 가지를 부러뜨렸잖아. 게다가 곤드레만드레 취해가지고 여기에 토까지 했으면서. 네가 훨씬 더 심해. 사세보형이 한숨 쉬더라. 올해도 미니 태풍 오무라 오냐고."

구식 대형 TV—TV가 오래된 것은 사세보가 돈을 아껴서가 아니라 물론 10년 전의 인테리어에 맞추었기 때문이다─ 앞을 눈으로 가리키며 히라도가 야유했다. 다카기와 오무라의 실수가 있었던 덕분에 2학년 이상은 그 두 군데만큼은 조심하고 있었다.

"그 얘기는 그만하세요. 저도 반성하고 있다고요. 솔직히 말하자면 히라도 형이 억지로 먹여서 그렇게 된 거잖아요. 그리고 히라도 형도 담뱃불 떨어뜨려서 담배 자국 만들어놓고선. 토한 거야 닦으면 그만이지만 담배 자국은 계속 남거든요."

오무라는 몸을 웅크리더니 엉덩이를 치켜들고 작년에 히라도가 담뱃불을 떨어뜨린 주변을 살펴보았다. 하지만 카페트 위에는 아무리 들여다보아도 담배 자국이 보이지 않았다.

"분명 이 주변이었는데……. 혹시 카페트를 새로 주문하셨을까요?"

1, 2분 있다가 겨우 알아차렸다는 듯이 머리를 들었다.

"꼼꼼한 사람이니까."

히라도는 이미 알고 있었다는 듯이 의자에 몸을 묻고 끄덕인다. 태연하게 여유를 보이고 있지만 아마도 그 부분을 가장 먼저 확인했을 것이다.

"그런데 제일 처음 실수한 건 내가 아니라 이사하야였어. 둔해 빠져서 큰 접시에 놓인 닭고기를 집으려다 그만 맥주병을 넘어뜨려서 모조리 쏟아버렸지. 내가 담배를 떨어뜨린 건 그다음이야. 그렇지, 이사하야?"

"아니에요."

이사하야가 단칼에 부정했다.

"제가 맥주를 쏟은 것은 사실이지만 가장 먼저 실수를 한 사람은 저녁 식사 때……."

그 순간 분위기가 싸해진다.

"츠구미가……."

히라도가 시선을 내리깔면서 말했다.

이야기 흐름상 어쩔 수 없었다 해도 여기서 츠구미의 이름이…….

"그 녀석, 꼼꼼한 거 같으면서도 의외로 덜렁대는 면이 있었지. 데미그라스 소스였었나?"

먼발치를 바라보며 히라도가 중얼거린다. 지금까지 자제하고 있었던 담배에 자연스레 손이 간다.

"미소카츠의 미소예요. 사세보 선배가 나고야의 동창에게 배웠다던."

오무라가 쓸데없는 보충설명을 덧붙인다. 오무라는 그

런 것만 잘 기억한다.

"그렇지만 그건 금방 닦였으니까 역시 최초의 결정타는 이사하야, 너야! 됐어, 이제 누가 뭐라 하든 기념비적인 제1호는 너로 결정이다."

경직된 분위기를 억지로 누그러뜨리려는 듯이 히라도는 짝짝짝 박수를 쳤다. 마냥 드넓은 라운지에 박수 소리가 흔적 없이 사라진다. 하지만 그 소리를 끊기게 하지 않겠다는 듯이 히라도는 계속해서 더 힘차게 박수를 쳐댔다.

"그런데 생각해보니 다들 너무 엉성했구나. 사세보 형이 저런 사람이라 다행이지. 안 그랬으면 출입금지나 변상 둘 중 하나였을 거야. 게다가 우리가 이 카페트를 바꾸려고 한다 해도 무리였을걸. 적어도 몇 년 동안은 아르바이트비를 전부 바쳐야 될 거야."

"아르바이트비로 충당되면 좋겠지만요. 출세한 다음에 갚는 걸로 한다고 쳐도 저나 오무라 형은 둘째 치더라도 히라도 형은 취직 자체가 어려워 보이니."

"뭐야, 나가사키. 뚱보가 감히 나를 깔보는 발언을 하다니. 무시하지 말라고. 난 말이야 이래봬도 지금까지 어떻게든 버텨온 남자라고. 요즘처럼 취직이 어려운 시대야말로 내 진가를 발휘할 수 있지. 5년 후에 보라고. 사세보 형까지는 아니더라도 언젠가 내게도 부자의 길이 열려 있을 테니까."

"설마 히라도 형도 TOG할 거예요?"

'TOG하다'라는 것은 TOG를 멋대로 동사화한 것이다.

"들어가고 싶지만 그건 아닌 것 같아. 지금 가입해봤자 의미도 없을 테고. 그러니까 사세보 형도 우리들에게는 권유하지 않잖아. 그렇다고 해서 내 스스로 이상야릇한 장사를 해볼 생각도 안 들고. 나는 운은 있지만 장사 재주는 없으니. ……여기서만 하는 얘기지만 사세보 형, 재산 일부를 해외로 이관하고 있는 것 같아. 나야 뭐, 내 방식대로 어떻게 해서든 부자가 될 거야."

"결국 자신만 있고 아무런 근거도 없는 거네요."

"넌 용어 선택이 틀려먹었어. 근거가 있는 '자신'은 '확신'이라고 해."

"그건 히라도식 용어잖아요. 보통은 '자신'에도 근거가 포함되어 있어요."

"무슨 소릴 하는 거야! 금세기는 내 말이 곧 글로벌 스탠더드가 될 거야."

분위기를 얼어붙게 만드는 데는 '츠구미'라는 한마디면 끝났지만 해동하는 데는 많은 말이 필요했다. 히라도의 고군분투로 간신히 좀 전의 분위기가 실온 수준으로 따뜻해지기 시작했을 때 옆을 보니 오무라가 혼자 출발 시각에 늦어서 차를 놓친 사람처럼 멍하니 유리 천장을 보고 있다. 그 유리 천장 위로는 쏟아지는 빗소리가 멜로디를 연주하고 있다.

"왜 그래, 오무라? 목이라도 삐었어?"

"10년 전의 참극도 분명 이런 폭풍우 치는 밤에 일어났었죠?"

살인에 대한 연상을 반복해서 그런지 툭 튀어나온 커다란 눈망울이 가늘게 떨리고 있다.

"들은 얘기로는 그렇다고 해. 그런데 너 쫄았어? 아킬리즈의 멤버가 겨우 이 정도에? 게다가 넌 작년에도 묵었었잖아."

"하핫" 하며 히라도가 웃어넘긴다. 그 기세로 담배에 불을 붙였다.

"작년에는 가랑비라서 반딧불은 보지 못했지만 이렇게 심한 비는 아니었어요······. 설마 10년 전의 재현 따위는 없겠죠? 사세보 선배도 아까 고사 같은 것도 안 했다고 한 것 같고."

"무슨 미신 같은 소릴 지껄이는 거야. 위험한 소리 하지 말라고. 게다가 여기 있는 건 일곱 명뿐이야. 여덟 명이 차면 조건이 딱 맞아서 위험할지도 모르겠지만. 이 정도의 비라면 갑자기 손님이 올 것 같지도 않잖아? 애초에 갑작스런 손님이 올 것 같은 곳에 파이어플라이관을 짓지도 않았겠지."

하지만 서스펜스 소설에서 불의의 손님이 처마를 빌리러 오는 경우는 어김없이 이런 폭풍우 치는 밤이다. 어떤 돌발 사태로 여덟 명이 될지는 아무도 모르는 일이다. 천장을 보자 굵은 빗줄기가 끊임없이 퍼붓고 있었다. 창문은 커튼으로 가릴 수 있지만 천장의 유리는 그대로 노출되어 있기 때문에 폭풍우의 흔적을 감출 수가 없다.

"뭐야, 왜 그래, 이사하야? 왜 너까지 어두운 표정을 짓는 거야?"

"……아니요, 아무것도 아니에요."

이사하야는 가볍게 고개를 저었다.

"싱거운 녀석 같으니. 그러니까 독일어 수업도 낙제를 하지."

히라도가 기가 막힌다는 듯이 중얼거렸다. 쓸데없는 참견을 하는 데도 이사하야는 아무런 반응도 하지 않았다.

"뭐야 도대체. 이럴 거면 뭐하러 왔어? 이놈이나 저놈이나. 첫날부터 이래 가지고 어쩔 거야. 이러고도 아킬리즈의 멤버라고 할 수 있어? 1학년이 훨씬 더 쌩쌩하다!"

히라도가 대놓고 불쾌함을 드러낼 작정인지 과장되게 양반다리를 하고 뻐끔뻐끔 담배를 피워댔다. 담배 연기가 구름처럼 얼굴을 덮는다.

"저녁밥 다 됐으니 나르는 것 좀 도와주시겠어요, 여러분? 아, 히라도 선배는 괜찮아요."

또다시 분위기가 경직되려던 찰나, 주방에서 치즈루의 밝은 목소리가 들려 왔다. 그것은 마치 구원하는 소리로 들렸다.

3. 야주곡 7월 15일 오후 8시 20분

"이건 가가의 2층 서재에서 발견한 거야. 작년에는 보수를 맡겨서 들려줄 수 없었지만."

저녁 식사 후의 라운지. 사세보는 한 장의 LP레코드를 플레이어에 걸었다. 보물을 만지듯이 손놀림이 조심스럽다. 서재의 플레이어에 놓여 있던 것이라고 한다.

"아마도 사건 전후에 가가 게이지가 듣고 있었을 가능성이 커. 집중해서 들어봐."

그 말을 들으니 집중하지 않을 수가 없다. 숨을 죽이고 귀를 기울이자 잠시 아무 소리도 없다가 갑자기 바이올린 솔로가 스피커에서 흘러나왔다.

다카다카다 · 다—다 · 다카다카단
다카다카다 · 다—다 · 다카다카단

선정적이면서 생동감 있는 선율. 바이올린은 이탈리아 사람처럼 가볍게 스타카토가 살아 있는 멜로디를 반복했는데 어느 정도 일단락되자 협주곡처럼 다른 현악기군과 합주를 시작했다. 이번에는 이어서 비올라끼리의 듀오. 여장부 같은 소리로 아주 조금씩 어긋나면서 서로 얽힌다.

다카다카다 · 다—다 · 다카다카단
다카다카다 · 다—다 · 다카다카단

그리고 템포와 음정을 미묘하게 바꿔가면서 변주된다. 마치 무슨 소란스러운 축제 같다.

다카다카다 · 다—다 · 다카다카단

천장 스피커에서 흘러나오는 소리는 측벽에 되울려서 작은 콘서트홀 같은 분위기를 자아내고 마치 눈앞에 실내악단이 있는 것처럼 리얼하게 느껴진다.

"모차르트의 바이올린 소나타 같은 선율이군요. 하지만 다소 비슷한 것 같지만 사실은 다른 듯싶고. 편성도 다르고. ……누구의 곡이죠?"

시마바라가 고개를 갸우뚱하면서 묻는다. 아까도 그랬지만 시마바라는 의외로 클래식에 조예가 깊은 듯하다.

그러자 사세보가 기다렸다는 듯이 말했다.

"이건 가가 게이지의 현악팔중주곡 제1번 〈야주곡(夜奏曲)〉이야. '연주하다'의 '주(奏)' 자야. 연주는 물론 밸런타인 팔중주단이고."

나도 모르게 숨을 죽인다. 이미 비명의 최후를 맞이한 자들의 연주라고 생각하니 등줄기로 차가운 무언가가 흐른다. 비올라는 바이올린에게 선율을 넘겨주고 첼로와 함께 뒤로 빠진다. 그러고는 바이올린 두 대의 경연이 이어진다.

다카다카다 · 다—다 · 다카다카단

곡의 정체를 알았기 때문일까? 처음에는 생동감 있었던 멜로디가 언제부턴가 왠지 모르게 쓸쓸하게 바뀌었다. 선율 자체는 바뀌지 않았는데, 오로지 단색의 음색이 억눌린

음량으로 느릿한 템포로 좁은 음역을 참을성 있게 올라갔다 내려갔다 한다. 모차르트풍의 수다스러움이 귀에 갑갑하게 울린다. 긴장을 강요하면서 귓속에 메아리치는 듯한 멜로디. 그것이 수면의 기포처럼 몇 분 사이에 몇 번이나 몇 번이나 몇 번이나 생겨나고 소멸됨을 반복한다.

다카……다카……다다—다카……다카……단

처음의 소란스런 축제 분위기가 마치 거짓말처럼 일그러진 장송곡같이 바뀌었다.

"시중에 나돌고 있는 것은 CD지만 가가 게이지가 개인적으로 LP를 만들었지."

"CD가 레코드보다 소리가 안 좋다고 주장하는 사람들이 가끔 있으니, 가가도 그런 부류인지도 모르죠. 뭐, 제 귀로는 도무지 구별되지 않지만 말이에요."

히라도가 말했다. 그때까지는 멍하니 딴청을 피우고 있더니 가가의 곡이라는 것을 알게 되자 진지하게 귀를 기울이기 시작했다.

"하지만 사세보 선배……."

첼로가 스물 몇 번째 멜로디를 음울하게 연주할 때쯤 오무라가 말을 걸었다.

"그들의 곡은 완성되지 못했잖아요? 어째서 그런 곡을 녹음한 게 존재하는 거죠?"

"아냐, 당시 가가가 쓰던 곡은 현악 팔중주곡 제2번이야. 부제는 〈찬가〉. 의미심장하지? 아까도 말했듯이 2번의 경우에는 녹음은커녕 악보조차 존재하지 않는, 실로 환상 속의 작품이지."

"유감이네요. 만약 남아 있었다면 유령의 집 최고의 간판일 텐데."

히라도가 애도의 뜻을 표한다. 하지만 사세보는 아무 일도 없었다는 듯한 표정으로 이야기를 이어갔다.

"그렇지. 단, 남아 있어도 난 악보를 읽을 수 없으니까 보물을 썩히는 꼴이 됐겠지. 이럴 줄 알았으면 초등학생 때 짝꿍 아키에랑 같이 엘렉톤° 교실에 다닐 걸 그랬어."

의외로 무덤덤한 반응에 그만 어안이 벙벙해졌다. 이 집착으로 가득 찬 건물의 주인과 동일인물이라고는 믿기지 않을 정도다. 그렇게 느낀 건 시마바라도 마찬가지인 듯했다.

● 야마하에서 제작한 전자 오르간.

"그렇지만 초고가 남아 있으면 누군가에게 마무리 작업과 연주를 시킨다든가, 여러 가지 방법이 있지 않겠어요? 사세보 선배 정도라면 간단한 일이잖아요."

시마바라가 당황한 목소리로 끼어든다.

"뭐, 그렇긴 하지만. 환상은 환상인 채로 남겨두는 게 좋지 않을까 해서 말이야."

어딘가 석연치 않은 대답이 나온 그때, 첼로 연주가 시작되었다. 힘세고 다부진 하쿠이의 연주일까? 오랜만에 들어보는 대음량. 하지만 파워풀한 연주도 그리 오래 가지 않고, 금세 탁하고 쉰 소리로 바뀌어 숨을 거둔다. 다시 억압받는 듯한 답답한 선율이 조금씩 조금씩 흐른다. 침울한 분위기 속에서 억지로 밝게 행동하고 있는 모차르트. 그런 느낌으로 들리기도 한다.

"끊어지는 부분이 없어서 알기 힘들겠지만 지금의 첼로 부분부터 2악장에 들어갔어."

사세보가 설명한다. 모차르트나 베토벤의 교향곡이라면 악장마다 분위기가 다른 법이지만 이 곡은 악장이 바뀌었다고 해서 별다른 변화가 없다. 템포도 똑같은 아다지오. 멜로디는 제1악장의 멜로디와 비슷하지만 조금 변형하여 각색되어 있다. 오히려 기세가 좋았다가 점점 수그러지는 것이라서 뒤틀린 느낌조차 든다. 생성과 소멸의 반복. 혹시 이대로, 긴장감에 으스러져버릴 것 같은 연주로 끝까지 가는 걸까? 불안해진다.

"이 곡은 전부 몇 악장으로 되어 있어요?"

이사하야가 묻자 4악장이고 총 연주 시간은 32분이라는 답이 돌아왔다. 그렇다면 아직 20분이 남아 있다. 얼핏 옆을 보니 오무라가 열심히 듣는 척을 하면서 한쪽 귀를 은근슬쩍 막고 있었다. 기분은 알 것 같다. 주위를 둘러보니 열심히 듣고 있는 것은 사세보와 시마바라 둘뿐이었다. 사세보는 눈을 감고 조용히 경청하고 있지만 시마바라는 LP 플레이어를 잡아먹기라도 할 듯 진지한 눈빛으로 플레이어를 노려보고 있다. 마치 소리 그 자체를 시각으로 감지하려는 듯이.

그런데 연주는 최종장까지 이르지 못했다. 제3악장이 끝난 지점에서 사세보가 턴테이블을 멈추고 암을 들어올린 것이다. 4악장으로 이어져야 할, 점점 상승해가는 음열이 중간에서 픽 하고 끝난 채 천장 구석으로 사라져 간다.

"유감스럽게도 레코드판에 상처가 나 있어서 이 뒤는 못 들어. 꽤 깊어서 도저히 고칠 수 없나 봐."

그렇게 설명을 하고 판에 손이 닿지 않도록 조심스레 재킷에 다시 넣었다. 꺼낼 때는 미처 몰랐는데 재킷 표면에는 표현주의풍의 어두운 야경 그림이 그려져 있었는데 묘하게 잘 어울린다.

음침하고 우울한 기분이 그대로 내동댕이쳐져 가슴에 응어리만 남았다. 주변을 보니 다른 사람들도 마찬가지인 것 같다. 모두 안개가 낀 것처럼 답답하고 무언가에 짓눌린 표정을 짓고 있다.

"실망하지 마. 4악장도 안개 낀 것처럼 비슷한 분위기야. 우울해지기만 할 뿐이고, 〈운명〉이나 〈제9번〉처럼 밝고 맑은 코다*는 없어. 그저 조용히 끝날 뿐이야. 들은 얘기로는 제2번이 전작에 이어 완결편이 될 예정이었다는 군. 〈죽음과 구원〉과 같은 구상으로 말이야. 〈찬가(讚歌)〉라는 부제는 뭐 그런 거겠지. 꼭 후반부도 듣고 싶다면 CD가 있으니까 그걸로 들려줄게."

사세보의 말에 대답은 없었다. 굳이 듣고 싶은 것은 아니다. 하지만 분명 다른 사람들도 그러리라고 생각하는데, 마지막까지 듣지 못한 것이, 곡 도중에 끊겨버린 것이 갑작스러운 결말, 즉 이 건물에서 일어난 참극을 연상시켜서

● 악곡이나 악장의 마지막 부분.

기분 나빴던 것이다. 가가 게이지가 흉측한 범행에 이르기 직전에 듣고 있었던 것은 아닐까 하고.

사세보가 모두의 태도를 어떻게 해석했는지는 모르겠지만, 옆에 있던 주얼케이스에서 CD를 꺼내더니 최종 악장만을 틀기 시작했다.

그 순간 잠시 끊겼던 음울한 분위기가 또다시 라운지를 지배하기 시작했다.

"어때? 시간도 됐으니 이제 슬슬 담력 테스트를 시작해볼까?"

아홉 시를 지났을 즈음 사세보가 빙긋이 웃으며 제안을 했다. 웃고는 있지만 어쩐지 의미심장해서 방심할 수 없는 얼굴이다. 유리 천장 위로 쏟아져 내리는 비는 전혀 그칠 기미가 없다. 빗발은 오히려 더욱 거세지기만 할 뿐이다.

"비가 이렇게나 내리는데요?"

시마바라가 우울하게 천장을 바라보면서 물었다.

"무슨 소리야? 여기에 애써 만든 무대가 있잖아. 이렇게 비가 많이 와서 반디를 보러 가는 것은 무리일 테니."

작년과 완전히 똑같은 말투, 똑같은 내용이다. 플래시백처럼 되살아난다. 굳이 담력 테스트를 하지 않더라도 여기서 숙박하는 것 자체가 충분한 담력 테스트인데……. 작년에 내가 그렇게 반론했던 것이 생각났다. 그때도 물론 사세보의 의지대로 담력 테스트를 감행했었다. 그리고 올해도.

"자, 그럼 결정됐다!"

사세보는 다른 의견은 차단한 채, 조곤조곤 규칙을 설명하기 시작했다. 규칙은 아주 간단하다. 2층 조명은 모두 끄고 손전등 하나만 들고 2층으로 올라간다. 참극이 있었던 각 방의 베갯머리에는 사세보가 섞어놓은 트럼프 카드가 예닐곱 장씩 놓여 있다. 그중에서 사전에 미리 뽑은 것과 동일한 카드를 각자가 한 장씩 가지고 돌아오는 것이다. 운이 좋으면 처음 들어간 방에서 발견할 수도 있고 운이 나쁘면 마지막 방까지 찾아다녀야 하는 곤경에 처하게 된다.

여기까지는 작년과 동일하다. 그런데 작년에는 생각했던 것보다 그렇게 재미있지 않았다. 각 방이 모두 비슷한 느낌이라서 팽팽한 긴장감이 없었기 때문일 것이다. 그래

117

서 올해는 규칙이 개선되어 있었다. 작년과 크게 달라진 점은 올해는 토너먼트식으로 게임을 해서 진 사람이 계속 남게 되는 방식을 채용한 것이다.

2층이 U자형이라서 두 명이 동시에 반대 사이드를 향해 전진하고 자신의 카드를 빨리 찾아 돌아오는 쪽이 이기는 것이다. 두 사람이 찾는 카드는 서로 다르기 때문에 두 사람이 처음 들어간 방에서 동시에 손에 넣는 경우도 있고 반대쪽에 묻혀 있어서 한쪽이 일방적으로 불리해질 가능성도 충분히 있다. 그건 운에 달려 있다. 대전에서 계속 지게 될 경우 몇 번이고 담력 테스트를 해야만 하며, 마지막에는 최약자를 가리는 결승전이 행해진다. 거기서 진 사람은 벌칙 게임을 받아야만 한다. 또한 플레이어는 카드를 찾는 것에만 전념해도 되지만 그렇게 해서는 앞서 말했듯이 운이 작용할 확률이 크기 때문에, 상대를 방해하거나 못 움직이게 해서 도중에 포기하도록 몰아붙이거나 하는 것도 가능하다. 폭력 이외의 방법이라면 무엇이든지 괜찮다. 머리 쓰기 나름이다.

게임이 벌어지는 동안 남은 사람들은 라운지에서 대기한다. 특별한 농간을 부리지 않는다.

"그런 짓을 하지 않아도 충분히 무서우니까"라고 하는

사세보의 말대로 그것만큼은 확실하다. 이곳은 살인자의 광기와 억울하게 죽은 일곱 명의 영혼들이 떠돌고 있다고 해도 무방한 곳인 데다가, 다른 수많은 오컬트 스폿들과는 달리 실제 사건이 있었던 곳이다.

파이어플라이관의 주인인 사세보를 제외하면 여섯 명이므로 토너먼트로 하면 두 명이 시드 선수가 된다. 그건 연장자인 히라도와 오무라 두 명으로 정해져 있다. 다만 이번 경우 시드는 부전패와 동일하기 때문에 불만을 표시하는 하급생은 없었다. 시합의 회수보다도 최약자에게 주어지는 '벌칙 게임'이 신경 쓰이기 때문이다. 사세보가 준비한 것인 만큼 어중간한 것은 아닐 테고, 또 사세보의 성격으로 봤을 때 일단 정해지면 봐줄 것 같지도 않다.

지난 골든위크 때 유명한 심령 스폿인 이코마 터널에 갔을 때의 일이다. 제비뽑기에서 진 사람 혼자서만 20미터를 앞서서 걸어가는 사소한 내기를 했다. 그 결과 가와타나라는 신입부원이 졌는데, 머리를 숙이고 울고불고해도 사세보는 완강하게 거부했다. "약속이잖아"라며 쌀쌀맞게 엉덩이를 걷어차고 한동안 어두운 터널을 앞서가게 시켰다. 가와타나는 그것이 원인이 되어 탈퇴하고 말았지만 사세보는 주눅 드는 기색도 없었다.

"진 사람이 나쁜 거지. 모처럼 혼자서 만끽할 수 있는 찬스였는데 말이야. 아킬리즈가 무엇 때문에 존재하는지 도통 모른다니까."

그렇게 진심으로 분개하기까지 했다. 그런 사세보가 무엇을 준비했을지는 전혀 짐작도 할 수가 없다.

"자, 그럼 시작할까?"

사세보는 2층과 계단의 조명을 끄고 돌아와서 시마바라와 치즈루 둘의 엉덩이를 툭 쳤다.

"주의할 것은 단 하나야. 생명에 위험을 느낄 때 이외에는 뛰지 말고 걸을 것!"

발걸음은 가볍고 콧노래까지 흥얼댄다. 그 모습을 보니 이 테스트를 정말로 즐기고 있다는 속내를 알 것 같다.

"그럼 가볼까요?"

시마바라가 큰 목소리로 말한다. 손에는 유독 가냘퍼 보이는 펜라이트. 불빛이라곤 그것뿐이다. 기합을 넣는 건지 허세를 부리는 건지 알 수 없지만 쩍 하고 양손으로 허리 주변을 치고, 대전 상대인 치즈루에게 눈짓하며 계단을 향해간다. 1학년 대결이 드디어 시작됐다.

"시마바라! 제발 기절하지는 마! 혼자서 옮기는 건 힘드니까."

치즈루가 먼저 시마바라를 견제하면서 쿵쿵거리며 가녀린 다리로 뒤를 따른다. 하지만 시마바라는 그저 코웃음만 칠 뿐 아무 말 없이 계단을 올라간다. 수다스럽던 모습은 온데간데없다.

"저 녀석들 괜찮을까? 사세보 형이 하는 거니까 분명히 장치가 장난 아닐 텐데."

히라도가 소파에 몸을 파묻으며 걱정스러운 듯 중얼거렸다. 멍하니 다박수염을 만지면서.

"뭐야, 히라도! 내가 무슨 잔꾀라도 부렸다는 거야?"

"형이 하는 건 잔꾀가 아니라 큰 꾀죠. 아니면 아무것도 안 하셨어요? 작년에 그다지 분위기가 달아오르지 않았던 건 건물 분위기에만 의존하다가 아무런 장치도 안 해서라고 계속 아쉬워했었잖아요."

"그래. 하지만 아무래도 그건 사도(邪道)인 것 같아 생각을 바꿨어. 역시 있는 그대로의 분위기를 즐겨야만 해. 단, 벌칙 게임 때는 살짝 흥을 돋울 만한 것을 생각해두었지만 말이야. 그건 뭐, 내 특권이지."

사세보는 차가운 미소를 띠며 가슴을 쭉 편다.

"역시 뭔가 있군요. 뭐, 쇼크사할 일은 없겠지만. 게거품이라도 물면……. 그렇지? 이사하야!"라며 히라도는 고개를 이쪽으로 휙 돌렸다.

"가장 약자가 벌칙 게임을 받는 거니까요. 방심은 할 수 없네요. 이런 비라면 구급차를 부르는 것도……."

이사하야는 둘이 사라진 홀을 응시하면서 대답했다. 라운지 문은 열려 있다. 만에 하나 누군가 착란 상태에라도 빠진다면 바로 알아차리고 달려갈 수 있도록 일부러 열어둔 것이다.

"괜찮아. 만일의 경우를 대비해서 간호사가 붙어 있으니까."

"간호사요? 형이 간호사 자격증도 땄어요?"

"하하, 농담이야. 그래도 재작년에 가와후지 탐험대에 참가해서 보르네오 섬에 갔었으니까 응급처치 정도는 마스터했지. 살아서 돌아가려면 필요했으니까."

"살아서 돌아간다니……. 그러고 보니 그때 종유동에 숨어 있던 거대 쌍두 거북이하고 거의 격투하다시피 했었죠? 그거 진짜였어요?"

놀란 히라도가 엉덩이를 들썩거린다. 히라도가 엉덩이를 들썩거릴 정도이니 아마 굉장한 일일 것이다.

"응. 거짓처럼 편집되어 있는 것이 전부 사실이야. 가장 핵심이었던 거대 거북이 '간디에'는 인도네시아 정부에게

강탈당했지만. 결국 정치와 종교적 문제가 얽혀서 아직까지도 공표되지 않았어. 조작 프로였다면 애초에 내가 참가할 것 같아?"

"뭐, 그거야 그렇긴 하지만."

사세보의 진품 취향을 잘 알고 있기 때문에 더욱 수긍할 수밖에 없는 듯하다.

"그럼 그 황금 망구스도 실재하는 거예요?"

"사금 땀을 흘리는 거대 망구스 말이지? 당연하고말고. 그 망구스는 성질이 어찌나 사나운지 사람도 아무렇지 않게 덮치지. 대원 중 한 명이 엄지손가락을 물어 뜯겼을 정도라니까. 그건 편집으로 '없었던 일'이 되었지만, 쩝. 보상 문제 때문에 계약서를 구실로 꽤나 옥신각신했던 모양이야. 어쨌든 새끼손가락도 아니고 엄지손가락이니까 생활에도 지장이 생기고. 그 다음 작품은 대원이 대대적으로 바뀌었지? 모두 겁을 먹고 꽁무니를 빼서 그런 거야. 나는 반디를 사러 다니느라 바빠서 참가할 수 없었지만."

그런 비하인드 스토리가 10분 정도 계속될 무렵 미묘한 발걸음으로 시마바라가 돌아왔다. 긴장한 얼굴로 두리번두리번 안을 살핀다. 라운지에 치즈루가 없는 것을 확인하고서야 비로소 숨을 크게 내뱉고 히죽 웃는다.

"제가 이긴 거죠?"

시마바라는 사람의 온기가 반가운 듯 쓱 다가오더니 히라도 옆 소파에 걸터앉아 크게 하품을 한다. 그리고 득의양양하게 테이블 위에 두 장의 카드를 올렸다. 스페이드 J가 두 장이다. 이사하야가 물었다.

"괜찮았어?"

"걱정 붙들어 매세요. 간단했어요. 마츠우라는 어떨지 모르겠지만. 지금쯤 어느 방에 쓰러져 있을지도 몰라요."

정강이뼈를 우두둑 우두둑하면서 거침없이 이야기하는 모습을 보니 마냥 센 척하는 것만도 아닌 듯하다.

치즈루가 돌아온 것은 2, 3분 지나서였다. 야단스럽게 발소리를 쿵쿵거리며 계단을 뛰어내려 와 라운지에 나타났다. '나 어때?' 하는 표정으로 라운지를 빤히 들여다본다. 그리고 여유로운 웃음을 짓고 있는 시마바라를 봤을 때의 분한 얼굴이란.

"난 절대로 쫀 게 아니야. 그냥 카드 운이 없었을 뿐이라고. 방을 여섯 군데나 돌아야 했으니까."

변명처럼 들리긴 하지만 표정은 평소와 다르지 않고 특별히 눈이 충혈되었다든가 얼굴이 하얗게 질렸다든가 하는 모양새도 아니다. 치즈루의 말 그대로 정말 운이 나빴던 것 같다.

"그래? 너는 못 느꼈겠지만 우리 서로 스쳐 지나갈 때 봤더니 등이 엄청 굽어 있던걸. 발소리도 최대한 안 내려고 살금살금 걷는 모습이 완전히 잔뜩 겁먹은 괴물 고양이 같던데."

이때다 싶어서 시마바라가 치즈루를 비웃는다. 유치하기는. 하지만 생각해보면 그는 미성년자니까. 치즈루는 재수를 해서 이미 스무 살 생일을 맞이했으니 이 중에서는 시마바라가 가장 어린 셈이다.

"거짓말하지 마. 난 허리를 쭉 펴고 똑바로 걸었는데. 이렇게! 의연하게 가슴을 쫙 펴고."

하지만 어디까지나 지긴 진 거다. 반론하는 목소리에도 힘은 없고 오로지 시마바라를 향해 분하다는 눈빛만 보낼 뿐이다.

"이봐들! 담력 테스트는 아직 계속 하고 있는 중이니까 싸움은 그 정도로 해두지. 다음번에 이기면 되는 거야. 갈 길은 멀다고."

사세보가 보다 못해 점잖게 중재한다.

"그럼 다음은 저와 나가사키입니까? 아까는 1학년끼리. 이번에는 2학년끼리의 대결인 셈이군요."

이사하야가 무릎을 두 번 팡팡 치더니 천천히 자리에서 일어섰다.

최약자가 받을 벌칙 게임. 사세보가 꾸미는 일이니 만큼 어설픈 벌칙은 아닐 것이다. 분명 오늘 이 게임에서 진 것을 평생 후회하게 될……. 그것만은 피해야 한다고 생각하니 자연스레 기합이 들어간다.

"뭐 둘 다 1학년들한테 웃음거리나 되지 않을 정도만 열심히 하고 와. 비명의 비읍 자라도 질렀다가는 가문의 수치인 줄 알아. 모두가 잊어버리더라도 내가 반드시 전해줄 테니까. 특히 나가사키! 넌 푸우푸우 숨 쉬는 소리만으로도 민페니까 비명 따위는 있을 수도 없어."

"거 말씀 참 심하시네요, 히라도 형. 하지만 괜찮아요. 여유 있게 이길 테니까. 저 실은 운이 좋거든요."

"운이라면 나도 안 지는데. 게다가 내가 더 스피드와 절도가 있잖아. 뛰면 안 되지만 너 같은 거구로는 걷는 것도 고생 좀 할 테니까. 틀림없이 이길 거야."

"자, 자. 그렇게 열 올리지 않아도 한 시간 있으면 모든 심판이 내려질 거야. 누가 벌칙을 받을지."

히라도가 씁쓸한 미소를 지어 보였지만 그런 히라도조차도 어딘가 약해 보이고 벌칙을 두려워하는 듯이 보였다.

약 한 시간이 지나 최후의 심판이 다가왔다. 파이널 라운드. 여기서 패배한 사람은 벌칙 게임의 제물이 되는 것이다. 지옥 같은 벌칙이 기다리고 있다. 그것을 각오해서인지 지금껏 이상으로 긴장한 얼굴로 오무라와 치즈루가 홀로 사라져 간다. 억지 부리던 소리도, 분해하던 소리도 사라지고 오로지 침묵만이 흘렀다.

"둘 다 기운 내!"

히라도가 그런 두 사람의 뒷모습을 보며 태평스럽게 응원을 보낸다. 자신은 이미 깔끔하게 클리어하신 몸이니까 편안하고 즐거운가 보다. 하지만 대전 상대였던 치즈루의 말을 빌리자면 평소의 히라도에게서는 상상도 못 할 정도로 급히 서두르는 소리가 들렸다고 한다. 진지 모드였던 것일까?

"레디 고!"

사세보의 구령과 함께 재빠르게 사라지는 두 사람. 규칙상 뛰어서는 안 되니 경보 비슷한 걸음걸이다. 최약자 결승전쯤 되면 분위기를 느껴볼 여유도 없이 어떻게든 빨리 카드를 발견하고 싶은 기분만이 앞서리라. 벌칙 게임을 너무 강조한 나머지 담력 테스트에서 완전히 변모된 것 같은 기분도 든다.

"이것으로 마지막이니까 나는 가서 술자리 준비나 할게. 최약자가 돌아오면 제대로 위로해주도록! 내일 밤은 힘들 테니까 말이야."

사세보는 의미심장하게 웃으며 주방으로 사라져갔다. 잠시 정적이 흐른다. 잠시 후면 벌칙 게임의 대상자가 결정될 것이다.

화장실에서 돌아왔더니 히라도가 정적을 깨듯이 벌떡 의자에서 몸을 일으킨다. 그리고 작은 목소리로 "저기, 이사하야! 사세보 형, 뭔가 꾸몄어?" 하고 묻는다.

"아니요" 하며 이사하야가 고개를 흔들자 이번에는 돌아가면서 묻는다.

"나가사키, 너는?"

"저도 아무런 낌새 못 느꼈는데요."

"시마바라는 어땠어?"

"저도 마찬가지예요. 저는 오히려 마츠우라에게 공격당했는걸요. 뭐 그래도 이겼지만요. 두 번째 방에 정답 카드가 있었으니 운이 좋았다고 한다면 그런 거지만."

"그렇다면 마츠우라도 분하겠는데? 그래, 그 녀석은 무슨 수를 썼어?"

"문 뒤에서 걸레 같은 천 조각을 던졌어요. 처음부터 저를 놀라게 할 작정이었던 거죠. 아직 첫 번째 방에 들어가기도 전이에요. 첫 번째 방이라고 방심한 나머지 순간 깜짝 놀랐었어요."

"역시! 공이 울리고 바로 기습이구나. 내년에는 나도 써볼까."

"히라도 형, 내년에도 계실 생각이에요?"

1학년이라서 말투는 조금 조심스러웠지만 내용은 가차없다.

"교수가 말이야 내 재능을 아까워해서 놓아주지를 않는다고. 딱 1년만 더 자기 연구회에 있어 달라는 거야"라며 이제는 거의 입버릇이 되어버린 변명을 늘어놓는다.

"그럼 사세보 형이 정말로 아무런 장치도 해놓지 않았다는 건가? 좀 의외인걸."

"확실히 그러네요. 사세보 선배 같은 분이 이런 상황에서 그냥 팔짱 끼고 계시다는 건 좀."

진심으로 그런 생각이 들었다.

"게다가 틀림없이 비장의 트릭을 많이 준비해두었다는 얼굴을 하고 있었으면서. 역시나 벌칙 게임에 모든 것을 걸고 있는 걸까?"

"사세보 선배도 이번엔 한 소리 들으시겠는데요?"

"그런 일은 없다, 시마바라. 생각이 물러, 물러터졌어.
뭐, 1학년이니까 아직 어쩔 수 없겠지만."

히라도는 손가락을 내밀며 정색을 하고 경고했다.

"사세보 형이 진짜로 마음먹고 하려고만 들면 나는 오
사카가 아니라 일본에서 도망쳐버릴지도 몰라. 너무 무서
워서 말이야."

그때 2층에서 비명이 들렸다. 남자가 날카롭고 새된 목
소리를 흉내 낸 듯한 비명에 가깝다. 콧물과 눈물이 소금
에 절어서 목구멍에서 새어 나온 듯한. 비명은 1, 2분 정
도 계속되었을까. 그러더니 마지막에는 소리가 쉰 것처럼
사라져갔다.

"어떻게 된 거야?"

서로의 얼굴을 쳐다본다. 상황을 보러 가는 편이 좋을
까? 오무라는 둘째치고 치즈루라면 그냥 내버려둘 수도
없으니 열려 있는 문에 눈을 고정하고 망설이고 있는데,
히라도가 일어서려던 모두를 제지하듯이 말했다.

"좀 더 상황을 지켜보자. 최약자 결승전이기도 하고. 시
합을 망쳤다가는 사세보 형이 화를 낼 거야. 이번에는 벌

칙에 전력을 기울이고 있는 것 같으니 말이야."

하지만 역시나 상태가 신경 쓰인다. 홀 안쪽 계단. 비명이 끊어진 후로는 원래대로의 정적만이 남아 있을 뿐. 그것이 오히려 으스스했다.

이윽고 누군가가 서둘러서 계단을 내려오는 기척이 들린다.

치즈루였다. 뭔가에 쫓기라도 하듯 라운지로 돌아온다. 오른손에는 트럼프 카드를 꼭 쥐고 있다. 하트 Q.

"야호! 제가 이긴 것 같군요."

치즈루는 라운지를 돌아본 후 두 장의 카드를 팔랑팔랑 흔들며 작은 가슴을 폈다. 다만 표정은 기쁘다는 것보다 한숨 놓았다는 모습이 역력하다.

"음, 마츠우라가 이겼군. 그렇다면 역시 오무라가 꼴찌인가? 발전이 없네."

"역시라고 하는 것은?"

시마바라가 묻자 히라도가 대답했다.

"그 녀석 작년에도 꼴찌였어. 작년에는 이기고 지는 것도 없었는데 그 녀석만 이상하게 시간이 많이 걸렸으니까. ……끝까지 자백 안 하지만 기겁해서 도망갔던 게 아닐까. 그렇다고 한다면 저 비명도……."

"그러고 보니 오무라 선배의 맹렬한 비명이 들렸는데."

아무 일도 없었다는 듯 태연한 치즈루. 번쩍이는 안경을 낀 차가운 인상이다. 이것이 승부에 모든 것을 건 여자의 모습인가.

"나 때처럼 마츠우라가 겁준 거 아니야?"

그러자 치즈루는 거세게 고개를 저었다.

"그런 짓 안 해, 하물며 선배인데. 게다가 소리가 들린 것은 반대쪽 복도였으니까."

"그럼 사세보 형이 오무라를 위해 뭔가 설치해두었나 보군."

히라도가 콧수염을 쓰다듬으며 능글맞게 히죽거린다.

"마지막의 마지막에 준비해두다니. 역시 일반적인 방식으로는 형을 이길 수 없어. 뭐, 실제로 그 녀석한테 쓰는 게 가장 효과적이기도 하고. 철저하게 한 곳에 집중한 셈이군. 사세보 형다운 잔혹함인걸. 그나저나 다행이다 마츠우라. 만약에 네 쪽이 더 겁쟁이라고 형이 생각했다면 지금쯤 오무라가 아니라 마츠우라가 비명을 지르고 있었을지도 모르는 거라고."

"저는 단순히 운이 나빴을 뿐이지 겁쟁이는 아니라고요. 몇 번이나 말했잖아요."

치즈루는 입을 내밀며 정색을 하고 항변했다.

"그래, 어느 쪽이 겁쟁이인지는 일목요연하게 답이 나왔네."

모두가 박장대소하고 있을 때 어두운 얼굴을 한 오무라가 터덜터덜 나타났다. 창백한 볼과는 대조적으로 눈은 시뻘겋게 부어 있다. 무릎을 제대로 구부리지도 못하고 죽마 같은 발걸음으로 테이블까지 와서는 눈을 내리깔고 두 장의 카드를 올려놓는다. 도중에 도망가지 않고 정확히 획득해온 모양이다. 하지만 쭉 뻗은 그 팔은 가늘게 떨리고 있었다.

"괜찮으세요?"

아무래도 걱정이 되어 달려가자 "괜찮아" 하고 센 척하며 손을 뿌리쳤다.

"어떻게 된 거야, 오무라? 얼굴이 새파래졌는데."

히라도가 들뜬 큰 목소리로 기쁘다는 듯이 장난 삼아 건드린다. 자주 사세보에 대해 심술궂다거나 무섭다거나 말하지만 히라도 자신도 만만치 않다.

"딱히 아무 일도 없어요."

오무라도 쉬었지만 큰 목소리로 대답한다.

"무서운 거라도 본 거야? 여기까지 비명이 들렸다고."

"유감이지만 어둠 속에서 넘어졌을 뿐이에요. 모처럼 유령의 집에 왔으니까 조금은 무서운 게 보고 싶네요."

결단코 약한 모습은 보이지 않겠다고 강하게 부정해보지만, 그러기에는 약해진 목소리가 안쓰럽다. 심술궂은 평소의 모습과는 전혀 다르다. 옆에서 보고 있자니 그렇게 허세 부리는 것이 도리어 슬펐다. 히라도에게 들키면 우스꽝스럽게 나발을 불며 떠벌리고 다닐 거라고 생각하고 있는 듯하다. 그 생각은 정확했지만 이미 한발 늦었다.

"결국 오무라가 졌구나."

사세보가 맥주병을 들고 안쪽에서 나타났다. 어딘지 모르게 한 건 했다는 듯 만족한 표정이다.

"사세보 형, 오무라한테 뭘 하신 거예요?"

"응? 나 아무것도 안 했는데. 진짜 재미있는 건 내일을 위해 아껴둬야지. 그리고 난 계속 안에서 술 마실 준비를 하고 있었다고."

"여기를 지나야만 2층에 갈 수 있는 게 맞긴 하지만."

히라도가 고개를 갸웃한다. 2층으로 올라가는 계단은 현관홀에 하나뿐이다. 또 현관과 주방이나 욕실 사이에는 라운지가 떡하니 끼어 있기 때문에 빠져나갈 길은 없다.

"부엌 출입구에서 현관으로 돌아서 올라갔다거나?"

"밖은 비가 엄청나게 오고 있다고. 그렇게 빙 둘러갔다면 이렇게 깨끗할 리가 없잖아."

"음, 그렇긴 하지만."

히라도는 고개를 끄덕이기는 했지만 납득이 가지 않는 모양새다.

"아니, 그냥 넘어진 거라고요! 밤이라서 목소리가 멀리까지 잘 울린 것뿐이라니까요."

오무라는 완강하게 부정한다. 그러나 입에 담지는 않지만, '정말로 사세보 선배가 꾸며놓은 게 아니에요?'라고 묻고 싶은 듯하다. 일단 안정을 되찾았던 심장이 또다시 빠르게 뛰는 것을 느끼며, 오무라는 가까이에 있는 의자에 걸터앉았다. 의자는 끼익 하는 소리를 내며 삐거덕거렸다.

"그래서 벌칙은 뭐예요?"

배려심이라고는 없는 시마바라의 말. 오무라의 어깨가 꿈쩍 하며 떨렸다.

"그건 내일을 기대해."

사세보는 만면에 웃음을 띠고 있다. 순진무구하면서 그렇기에 더욱 잔혹해 보였다. 옆에서는 오무라가 침을 꿀꺽 삼키는 소리가 들린다. 분명히 그에게 있어서는 심장이 멎을 정도의 공포였으리라. 벌칙에는 더 심한 공포가 기다리

135

고 있을 터. 과연 겁 많은 오무라가 견딜 수 있을까? 파이어플라이관에서 도망치지 않기를…….

쓸데없는 걱정을 하고 있자니 히라도가 애타게 기다렸다는 듯이 일부러 과장스럽게 글래스를 가볍게 들었다. 사세보는 바로 알아차리고 평소처럼 웃음을 지으며 말했다.

"자, 간담도 서늘해졌을 테니 늘 했던 것처럼 술로 데우기로 할까? 다 마시지도 못할 만큼 술은 충분히 사두었으니까. 어차피 이 상태로는 반디 구경은 무리인 것 같고. 목욕하고 싶은 녀석들은 먼저 해도 좋지만 우선은 건배하자. 마츠우라하고 시마바라는 나르는 걸 좀 도와줄래?"

사세보의 그 한마디에 라운지는 술잔치 분위기가 되었다. 어둠으로 덮인 유리 천장에는 아직도 비가 세차게 내려붓고 있었다.

"그러고 보니 아까 히라도 형은 유령의 집은 사람이 살고 있지 않으면 의미가 없다고 했는데 그건 어떤 의미예요? 분명 공존과 구원이라는 둥 하셨죠?"

어울리지 않는 일곱 명이 넓은 라운지의 중앙에 빙 둘러 앉아 술판을 벌인다. 화장실 환기구에서 작은 귀신이 목을 따라 온다는 이야기, 토막 살인 사건 피해자의 오른손이 복수를 하러 온다는 이야기 등 수많은 괴담이 꽃을 피우는 술자리가 절정에 이르렀을 때, 취기에 볼이 벌겋게 상기된 시마바라가 히라도에게 물었다. 보아하니 벌써 거나하게 취해 있다. 평소에는 하얗던 얼굴이 도호쿠 출신의 여자아이처럼 붉게 물들어 있고 빳빳이 선 금발에서도 알코올 냄새가 배어 나왔다. 시마바라는 맥주를 세 잔 마신 다음 반드시 위스키로 바꿔 마신다. 그러고는 어김없이 술주정이 이어진다. 술이 약하지는 않지만 한번 마시면 자제가 안 되는 타입이다. 과거 여러 번의 실수로 알고 있다. 오늘 밤도 평소와 같은 순서를 밟겠지. 친한 척하며 3년이나 선배인 히라도의 어깨에 손을 걸치고 잘 돌아가지도 않는 혀로 그렇게 물었다. 틀림없이 낮에 있었던 일이 아직 마음에 걸렸을 것이라고 생각한다.

"허허. 그러면 가지 군은 유령의 집에는 사람이 없어도 상관없다고 말하고 싶은 건가?"

술주정뱅이를 상대하는 것은 익숙해 보이는 히라도가 되받아친다. 오징어 다리를 질겅질겅 씹고 있지만 얼굴색은 전혀 변하지 않았다. 빈틈없는 사람이다. 하지만 술이 센지 아닌지는 모르겠다. 마시는 척만 할 뿐이라는 소문도 있다. 위장 술꾼. 능구렁이 같은 꼬임에 넘어가 도리어 이쪽이 마시게 되고, 결국에는 확인도 못 하고 끝나버린다. 술이 세든 위장이 크든 간에 히라도가 술에 취해서 실수를 하는 광경을 본 적이 없다. 오무라 같은 경우에는 항상 보지만.

"없어도 상관없다는 것이 아니라~ 유령이 나오면 결과적으로 사람이 자리 잡고 살 수가 없게 되잖아요?"

어깨에 계속 손을 얹은 채로 가지 군, 즉 시마바라가 설명을 요구한다.

"그럴지도 모르지. 하지만 그렇게 되면 당연히 유령도 소멸하게 되는 거야. 항상 유령이 나타나니까 유령의 집이 되는 거라고."

"무슨 말인지 잘 모르겠네요~."

차분하고 여유가 있는 히라도와는 대조적으로 시마바라는 지금이라도 흐물흐물 녹아버릴 것 같다.

"도깨비집은 사람이 없어도 상관없지만 유령의 집은 사람이 없으면 성립하지 않는다고. 난 유령이라는 존재가 구원받고 싶다는 마음이 반영된 환상(幻像)이라고 생각하니까 말이야."

"구원받고 싶다……. 무엇으로부터요? 병이나 불행으로 부터요?"

"아니, 오히려 더 근본적인 의미야. 사람은 무언가로부터 구원받고 싶다고 생각하고 있어. 구원받는다는 것은 구원받을 가치가 있는 인간이라는 것이니까. 자신이 아무런 가치도 의미도 없는 인간이라고 낙인찍히고 싶지 않으니까 자신의 가치를 인정해주는 구세주를 찾는 셈이지."

구원받을 가치가 있는 인간. 그 말이 가슴을 찔렀다.

"그러니까 특별히 불행하지 않더라도 자신이 무가치하지 않음을 확인하기 위해서 구원을 바란다는 겁니까?"

시마바라는 말을 끊고 흠 하고 팔짱을 낀 채 잠시 생각에 잠겼다.

"그렇군요. 확실히 그럴지도 모르겠네요. 저도 왠지 모르게 구원받고 싶어졌어요……. 하지만 그것과 유령과는 어떤 관계가 있는 거죠?"

"유령이라고 하는 것은 구원받지 못하는 자의 상징이니까 그런 거야. 부조리한 죽음이나 망념(妄念)을 남기고 있어서 성불하지 못하고 현세를 떠도는 가련한 존재인 거지. 거기에 구원받지 못하는 자신을 투영해버리는 거야. 과연 나는 괜찮은가? 평상시에도 의문을 품고 걱정하고 고민하며 불안을 느낄수록 유령은 보이게 돼."

"하지마안!" 하고 시마바라는 히라도를 흉내 낸 큰 소리를 냈다.

"딱 마주하고 난 후에 숨은 사연을 알게 되는 경우도 많이 있을 거라고 생각해요. 길거리에서 프랑스 인형을 줍고 나서 계속해서 기괴한 일이 일어나 조사해보니 그 프랑스 인형은 교통사고로 죽은 소녀의 유품으로, 사고 현장에 고이 놓아둔 물건이었다든가."

"뭐, 유포되고 있는 괴담에서는 그렇지. 하지만 난 믿지 않아. 지금 한 인형 이야기는 길에 프랑스 인형이 떨어져 있다는 것 자체가 비일상적이라 무심코 무언가 배경을 마음대로 상상해버리잖아? 거기에 두려움의 허점을 이용할 틈이 있는 거야."

"결국 히라도 형도 유령의 실존을 믿지 않는 셈이군요."

"사실대로 말하자면 그런 거지."

히라도는 히죽 웃었다.

"그렇지 않고서야 누가 이런 집에 머무르겠어? 나는 원래 겁쟁이라고."

"그렇게 대놓고 말씀하시니 왠지 할 말이 없군요. 하지만 구원받고 싶다고 생각하는 마음이 유령을 보게 한다는 논리는 알겠어요. 납득은 전혀 할 수 없지만. 그럼 공존이라는 것은 어떤 것이죠? 유령을 보았다고 해서 구원받거나 하지는 않잖아요?"

"보통은 그렇지. 그렇지만 인간은 잊는 것과 익숙해지는 것에 뛰어난 사회적 동물이야. 유령이 일상적이게 되면 이야기는 달라져. 환영에 지나지 않는 유령이 생명을, 독립된 인격을 가지게 되는 거라고. 무표정한 파충류나 어류 같은 애완동물에게 인격을 투영해서 대화하는 사람들이 있잖아? 그것과 마찬가지야. 물론 귀여워하거나 좋아하는 것은 아니고, 자신에게 피해를 입히지 않는 것을 알고 사람으로서 그 존재를 인정하게 되는 거지. 그때 비로소 같은 사람이면서 죽음과는 한 장의 얇은 막을 사이에 두고 살아가는 자신의 입장을 깨닫게 되는 거지."

"살아 있다는 것에 가치가 있음을 알게 된다는 것입니까? 그것으로 구원받는다?! 왠지 눈물 없이는 볼 수 없는 감동 대작 같은 싸구려 패러다임이네요."

시마바라가 무시하는 말투로 콧방귀 꼈다. 술 냄새 가득한 콧김이 훅 나온다.

"괜찮아. 자신을 몰아붙이기만 하면 인생은 너무 괴로

워. 일종의 도피도 필요한 법이야."

"하지만 일상이 되기까지 익숙해지는 것이 힘들지 않을까요?"

"그래, 그러니까 초기 단계를 어떻게 극복할지가 문제인 거야. 최대의 테마라고 해도 좋아. 유령의 집이란 초기 단계를 클리어할 수 있는 시스템을 내포한 집을 말해. 그리고 현실에서는 유령의 집에서 사람과 유령이 공존하고 있는 예가 많이 있어. 다시 말해 시스템은 존재한다는 것이지."

"뭔가 굉장한데요? 그래서, 그 시스템 어쩌고 하는 것은 구체적으로는 어떤 것이죠?"

"그건 유감이지만 아직 제대로 설명할 수 없어. 방 개수나 모퉁이 같은 사각지대의 많고 적음이 관계하고 있을 거라고 주시하고 있지만 말이야. 제대로 답이 나오면 나도 떳떳하게 졸업할 수 있어."

왠지 모르게 히라도는 가슴을 쭉 폈다.

"그러니까 결국…… 가장 중요한 시스템을 아직 잘 모른다는 거군요."

시마바라는 무례한 얼굴로 결론지었다.

"뭐, 그런 거지. 이 파이어플라이관은 그 가능성이 있어. 유령이 나타나기에는 절호의 장소인 데다 사각도 많아. 여기에 온 것은 이른바 필드워크야. 너희들 중에 누군가가 유령과 친해진다면 내 졸업도 가까워지는 셈이지."

"그럼 사세보 선배는?"

이사하야가 소리를 죽이고 옆에서 물었다.

"일부러 파이어플라이관을 복원해서 살고 있다는 것은 유령과의 공존을 통해 구원받고 싶다고 생각하기 때문이에요?"

"음, 글쎄"라며 이쪽을 본 히라도는 천천히 고개를 저었다. 그리고 지금 이 장소에 사세보가 없는 것을 확인하고 말을 이었다.

"사세보 형에게는 형만의 유령관이 있다고 생각해. 그러니까 분명 부정할 거야. 다만 내 논리로 말하자면 본능이 필사적으로 구원을 바라고 있는 것이 아닌가 생각해. 물론 그런 말을 사세보 형한테 했다가는 엄청 혼날 테지만 말이야."

넌지시 입막음을 요구한다. 사세보의 죽은 누이를 암시하고 있는 것이다.

"그래서 사세보 선배는 구원받았나요?"

"그랬으면 좋겠는데…… 사세보 형의 불행은 직면한 비

극을 극복하고 싶다는 타입이지, 자신의 가치를 발견하고 싶다는 것이 아니니까 말이야. 오히려 구원받지 못하는 존재를 자신과 딱 동일시하는 역효과가 발생할 우려도 있어. 감정이입이 지나쳐도 안 된다고. ……최악인 것은 파이어플라이관의 10년 전의 피해자들이 아니라 누이의 환영(幻影)을 봐버리는 일이야. 그렇게 되면 전위(電位)가 깊은 오래된 우물에 빠진 전자(電子)처럼 구원받을 수 없어."

분위기가 숙연해진 가운데 얼핏 옆을 보니 오무라가 글래스를 든 채 팔을 떨고 있었다. 술 때문도 아니고 심야에 떨어지기 시작한 기온 탓도 아니다. 아마도 조금 전의 담력 테스트가 아직 꼬리를 물고 있기 때문일 것이다. 술을 몇 잔이나 들이켜도 좀 전의 공포심이 잊히지 않는 모양이다. 원래도 흰 고양이등이 부서질 것처럼 더욱 휘어 있다. 딱 보기에도 평소의 오무라가 아니었다.

"오무라 형 괜찮아요?"

상당히 걱정이 되어 히라도에게만은 들리지 않도록 낮은 목소리로 물어보았다. 그러자 오무라가 귓전에 대고 나직이 중얼거렸다.

"……여자 목소리가 들렸어. 고마츠 교코의 방이야. 내가 방 안에서 트럼프를 확인하고 있을 때 문 쪽에서……."

"여자……라고요?"

오무라가 눈을 빤히 쳐다보며 고개를 끄덕였다. 무언가를 골똘히 생각하는 표정이다. 거짓말이나 농담 하는 얼굴은 아니었다. 애당초 오무라가 이렇게 순순히 약한 소리를 하는 것 자체가 예사롭지 않다.

"어쩌면 여기에는 한 사람이 더 있는 게 아닐까? 여자가……."

그리고 오무라는 겁먹은 얼굴로 두리번두리번 주위를 살폈다. 방구석에서 아무도 쳐다보고 있지 않다는 것을 확인하려는 듯이. 대책 없이 넓은 라운지가 쓸데없이 불안을 부추긴다.

사세보의 장난이 아니라 단순히 치즈루의 목소리가 이상하게 전해졌을 뿐일지도 모른다. 아니면 치즈루는 아무것도 하지 않았다고 말했지만 그것은 거짓이고 실제는 농간을 부렸는지도 모른다. 그렇게도 생각했지만 "설마요. 그런 일 없을 거예요" 하고 대답하는 정도로 참았다.

"그냥 기분 탓 아닐까요? 구원을 원하면 보인다는 것 같으니까."

"난 구원 따위 원하지 않아. 난 대단하다고. 너희들이 모르고 있을 뿐이지. 그러니까 구원 따위 찾아다니지 않

아. 게다가 확실히 여자의 기척이 느껴졌다니까. 냄새도. 그렇다고 하면 고마츠 교코의……."

"겁주지 마세요. 작년에는 괜찮았잖아요. 그리고 고마츠 교코 방은 제가 자는 방이라고요."

"네가?"

오무라는 술잔을 한 번에 들이키더니 붉은 뺨 위로 힘없는 웃음을 지어 보였다. 술 냄새 풍기는 불쾌한 웃음이다.

"그렇군……. 그렇다면 조심하는 편이 좋을 거야. 분명히 거기 있었어. 불쌍해라. 무사히 아침을 맞이할 수 있을지 어떨지 걱정이네."

"농담하지 마세요. 그렇게 다짐하듯 말하지 않아도 될 것을. 게다가 오무라 형은 벌칙 걱정이나 하는 편이 좋지 않아요? 내일 있는 것 같으니까."

다소 심술궂게 쏘아줬다. 오무라는 여자 목소리 때문에 벌칙을 완전히 잊었던 듯하다. 멍하니 정신 팔린 상태에서 현실로 돌아온 듯한 얼굴을 하고 걱정스러운 듯 말한다.

"그게 있었지 참. 사세보 선배는 분명히 봐주지 않을 거고……. 그러고 보니 사세보 선배는?"

다시 두리번거리는 오무라. 거기에 이끌려 같이 주위를 둘러보았지만 라운지에 사세보의 모습은 안 보인다. 히라도와 시마바라가 논쟁을 시작하기 조금 전부터 자리를 비운 채 그대로 돌아오지 않은 것 같다.

"어라, 사세보 선배는?"

"아까 2층에 올라가셨어요. 피곤하니까 그만 자겠다고. 남은 술자리는 좋을 대로 알아서 하라고 하셨어요."

충혈된 눈으로 대답한 것은 치즈루. 술 때문인지 밤늦게까지 안 자고 있는 것이 익숙하지 않은 탓인지 조금 졸린 듯하다.

"술이랑 안주는 저 냉장고에서 마음대로 꺼내 먹어도 된대요."

"작년하고 똑같은걸. 사세보 형도 참 나이를 먹었구나. 옛날에는 철야로 마셔도 다음 날 스폿 순례 때는 아무렇지도 않게 운전하곤 했었는데."

히라도가 소금 다시마를 질겅질겅 씹으면서 한탄한다.

"그렇게 말하는 히라도 형도 어리지는 않잖아요. 원래부터 운동 부족에 뭘 해도 귀찮아하고. 이제 슬슬 관절 같은 데 위험하지 않나요?"

"나는 아직 문제없어. 라디오체조 제1버전* 듣는 것을

● 라디오체조는 대략 오전 6시 30분을 전후해서 방송.

거르지 않고 있으니까 말이야."

"뭐예요? 듣는다는 건?"

"뭐야, 이사하야. 너 모르는 거야? 라디오체조는 제1버전이나 제2버전 모두 듣는 것만으로도 몸 상태가 좋아지도록 작곡된 하이퍼 뮤직이라고. 달팽이관 유모세포를 체조시켜서 건강한 펄스를 뇌중추로 전달하지."

의기양양한 얼굴의 히라도. 그러고는 마른 멸치를 질근질근 씹고 있다.

"아무리 아킬리즈라고 해도 그런 도시전설은 들어본 적이 없네요."

"뭘 모르는구먼. 음악이 인체에 끼치는 영역은 네가 생각하는 것 이상으로 커. 마이너스이온이나 홍차버섯*보다 엄청난 효과가 있다고. 단지 힐링 같은 플러스 면만 있는건 아니지만."

그때부터 얼마동안 히라도의 불가사의한 강의가 계속되었다. 궁상맞은 화음의 벨소리가 만원 전철을 살벌하게 만들 수 있다든가. 곡을 모두가 알고 있으면 알고 있을수록 살벌계수는 높아지고 최근 다발하고 있는 전철 내 또는 플

• 몽골이 원산지로 시베리아의 전통 발효음료.

랫폼에서의 살해 사건도 그것이 원인이라든가. 자동차 타이어의 브레이크 소리를 들은 사람이 발을 멈추는 것은 인류가 진화 과정에서 싸워 온 맹금(猛禽)의 포효가 각인되어 있는 탓이라든가. 태교로 클래식을 들은 아이는 태어나고 나서 듣는 환경음이 소나타 형식으로 아름답지 않은 것에 괴로워하다 결과적으로 공격적인 성격이 된다든가. 아무리 생각해도 얼토당토않고 도무지 설득력이 없었지만 심야임에도 불구하고 시들지 않는 체력에는 모두 다른 의미로 압도당했다.

"하지만 말이야, 정말로 위험한 것은 들리지 않는 소리야. 예를 들면 방에 있는 시계 소리가 이상하리만치 신경 쓰일 때와 전혀 인식하지 못할 때가 있잖아? 인식하지 못할 때, 소리는 인식 필터를 피해서 직접 뇌에 작용하여 영향을 끼치지. 그러니까 들리지 않을 때일수록 실은 더 몸이 시계에 지배당하고 있는 거라고. 소리에 관리당해 초 단위로 행동이 규정되는, 이른바 시계 인간으로 전락한 셈이야. 그래서 나는 손목시계를 차지 않아. 사람은 각자의 고동으로 행동해야지 수정의 진동에 좌우되어서는 안 되니까 말이야."

언제나 끼어들기 좋아하는 시마바라도 멍하니 입을 벌

리고만 있다. 몇 초 후에 "그래서 지각이 많은가 보네요"
라고 대꾸하는 것이 고작이다. 그때 옆에 있던 오무라의
상태가 갑자기 나빠지는 것을 느꼈다. 살펴보니 좀 전까지
붉었던 얼굴이 새파랗게 변모해 있었다.

"괜찮아요?"

말을 걸었지만 대답은 없다. 당장이라도 토할 것처럼
입 주위를 떨고 있다.

"저 잠깐 오무라 형을 화장실에 데려다 주고 올게요."

생각대로 힘이 들어가지 않는 오무라에게 어깨를 빌려
주고 같이 화장실로 향했다.

"또야? 오무라는 항상 저렇다니까. 뭐, 너도 힘들겠지
만 죽지 않을 정도까지만 보살펴줘."

등 뒤에서 히라도의 쾌활하고 배려 깊은(?) 소리가 들려
왔다. 힘든 것에는 이골이 나 있다. 다만 화장실에 도착할
때까지는 버텨주기를……. 그것을 바랄 뿐이다. 대학생들
의 하숙집과 달리 화장실까지의 거리가 이상하게 길다. 평
소 하던 대로 토해버리면 큰일이다.

"거의 다 왔으니까 조금만 더, 조금만 더 참으세요."

와들와들 떨면서 당장이라도 토할 것 같은 오무라에게
필사적으로 격려하는 말을 건넸다.

4. 첫 번째 살인 7월 16일 오전 10시 10분

　츠시마 츠구미는 칠흑같이 새까맣고 긴 머리카락에 맑고 투명한 하얀 피부를 가졌는데 대춧빛 눈동자가 매력적이다. 청초하고 단아한 얼굴에 비해 입술과 눈썹 그리고 눈빛에서는 어딘지 모르게 강한 의지가 느껴진다. 그녀의 목소리는 자신이 믿는 것에 대해 결코 두려움이 없음이 느껴지고 웃음을 띤 얼굴은 나이보다 약간 성숙해 보인다. 그런 츠구미가 날카롭거나 차가운 인상을 주지 않았던 것은 눈초리에 있는 검정 사마귀 때문이었을지도 모른다.

　내게 여신과도 같은, 사랑할 수밖에 없는 존재인 츠구미. 나는 아킬리즈에서 그녀와 만났고 그리고 구원을 받았다. 나는 그녀를 사랑하고 사랑했다. 그것만큼은 내 스스로 자랑할 수 있는 내 자신의 가치이다.

고등학교 2학년이었던 어느 가을 날 나는 매몰차게 차였다. 그녀의 이름은 구로사키 사야. 새로운 반이 되고 나는 반년 동안 그녀를 바라보았다. 반년 동안 망설인 끝에 마음먹고 고백을 했지만 그녀는 그저 '시시한 농담'이라며 나의 고백을 한낱 농담으로 일축해버렸다. 하얗고 건강한 앞니를 씨익 드러내며 웃는 그녀를 보니 오히려 내가 웃고 싶어질 만큼 허망했다.

그때부터 나의 영혼은 병들기 시작했다. 그녀는 나를 타자석에조차 서게 해주지 않은 것이다. 물론 그녀에게 악의는 없었겠지. 진짜로 시시한 농담이라 생각했을 것이다. 하지만 그 때문에 나는 내 존재를 용서할 수 없었다. 그때 처음 알았다. 나는 그저 농담밖에 될 수 없는 무가치한 존재라는 것을.

다시 일어설 수 없었다. 이대로 주저앉아 일생을 마치는구나 하는 생각이 들기도 했다. 사야는 분명히 고백을 받았고, 거절했다는 생각조차도 하지 않은 채 지금까지 살아온 그대로의 일상을 보내고 있었다. 아무것도 달라지지 않은 교실에서. 그 모습을 바라보면서 나 스스로도 아무

일 없었다는 듯이 진짜 농담을 한다. 괴로웠다. 사야는 내 아픔의 백 분의 일도 모를 테지. 소원해진 감정의 골 때문에 괴로웠다.

가치 없는 인간을 누가 인정해준다는 말인가. 사람을 믿을 수 없게 되었고, 친한 친구조차도 믿을 수 없게 되어 점차 사람과 깊이 관계하며 얽히는 것을 피하게 되었다. 이럴 바에는 차라리 부정적인 가치라도 좋으니 무차별 살인자같이 비뚤어져볼까 생각했다. 물론 그럴 만한 용기도 없었다. 나는 겁쟁이니까. 얼마 후엔 그런 겁 많은 자신을 부끄러워하거나 힐난할 기력조차 없어졌다.

이 세상에 존재한다는 의미가 점점 무서워졌다. 한번 생각하기 시작하면 멈출 수가 없을 정도로 무서워졌다. 마치 우주 너머로 언제 도달할까를 생각하는 기분이었다. 육십 억 중의 한 명. 방을 지구라고 한다면 다다미의 그물눈 하나보다도 작은 존재이자, 잠시 눈이라도 깜빡하면 어느 것이었는지 잊어버릴 정도로 작은 존재이다. 어쩌면 나 스스로는 이 세계에 확실히 존재하고 있다고 여겨도 실제로는 그렇지 않은 게 아닐까? 단순히 몸뚱이와 이름이 있다는 것일 뿐, 타인에게 아무런 영향도 끼치지 않는 그런 의미 없는 존재가 아닐까? 길을 걷고 있어도 군중이나 통행

인처럼, 집합체를 나타내는 단어로밖에 표현되지 않는 존재. 배경과 똑같다.

그렇다고 해서 집에만 틀어박혀 있었던 것은 아니다. 그럴 용기도 없었다. '은둔형 외톨이'라는 단어가 초래하는 이웃들의 시선이 무서웠다. 의미를 원하지만, 막상 의미가 부여되는 것도 두렵다. 실로 모순되는 말이지만, 어쩔 도리가 없었다.

아무 생각 없이 F대학에 진학하여 과 친구들과 식사를 하거나 아킬리즈 멤버들과 오컬트 스폿에 가기도 했다. 즐거운 대화를 몇 번이나 나누기도 하고 장난을 치기도 했다. 하지만, 그들은 상대가 굳이 내가 아니더라도 같은 이야기를 하고 같은 웃음을 보일 테지. 내가 아닌 누구라도 상관없는 것이다. 나 같은 존재는 산더미처럼 쌓여 있고, 어쩌다 그 산더미 속에 있던 내가 그들 눈앞에 앉아 있는 것에 지나지 않는다. 말 그대로 원 오브 뎀(one of them)이다. 교환이 가능한. 이제까지의 나였다면 모른 채 지냈을 것이다. 아마도 그것을 태연히 즐기고 있었을 것이다. 하지만 일단 깨닫게 된 이상 그것은 무리였다. 가슴 한구석이 얼어붙는 것 같지만 상대가 원하는 뎀(them)의 모습에 맞출 수밖에 없고, 굳이 말하자면 그것이 내 마지막 가치였다.

그런 무력감을 같은 1학년인 츠구미가 구원해주었다. 츠구미와의 만남이 나를 변화시켰다. 나는 그녀에 대해 알고 싶고 그녀를 위해 무언가를 해주고 싶었다. 그녀를 사랑했다. 그것은 다른 무엇으로도 바꿀 수 없는 오로지 나에게만 존재하는 감정이었다.

츠구미가 나에게만 보이는 미소와 표정, 그리고 말들이 있었다. 목욕물을 너무 많이 받았다며 핀잔을 주고, 냉장고에 있던 배가 썩었다고 안타까워했으며, 빨래가 덜 마른 것에 성을 냈다. 작은 동물들이 고생을 하다 결국 죽게 되는 영화를 보며 눈물을 흘리고, G☆MENS의 2집을 들으며 허밍을 하기도 하고, 제과점 이벤트에서 경품에 당첨됐다며 팔짝팔짝 뛰며 좋아했다. 평소의 차분한 표정과는 전혀 별개의 행동들, 그것은 사소한 것일지 모르지만 나와 뎀을 확실히 구별해주었다. 확실한 나만의 세계가 존재하고 있었다. 나만이 알고 있는 세계가.

츠구미가 눈앞에 존재한다. 그러므로 나도 존재한다. 그것이 중요하다. 중요했는데……. 깨달았을 때는 이미 늦었다.

도저히 잊을 수 없는 올해 1월 12일. 눈이 흩날리는 겨울날에 츠구미의 모습이 갑자기 사라진 것이다. 이 세상에서 홀연히.

츠구미는 하숙집인 원룸 맨션을 나와 외출한 채로 돌아오지 않았다. 행방을 알 수 없었고 증발할 이유도 눈에 띄지 않았다. 기말고사가 한창인 때라 훌쩍 여행이라도 떠날 시기도 아니고, 열심히 수업에 나가던 츠구미가 히라도처럼 학점을 소홀히 할 리도 없다.

무엇보다도 걱정이었던 것은 그 즈음 젊은 여성을 유괴하여 폭행한 끝에 살해해버리는 연쇄 살인 사건이 한신(阪神) 지역에서 화제가 되고 있었다.

살인마의 이름은 '조지'.

첫 피해자는 작년 6월 4일에 실종되어 한 달 후인 7월 2일 요도가와(淀川) 하천부지에서 교살 사체로 발견되었다. 사후 20일 이상 지난 상태로 거의 썩어 문드러져 있었다고 하는데, 전날까지 그 장소에 사체가 없었던 점으로 미루어 사후 한 달 가까이 '조지'가 곁에 두고 있었다는 계산이 된다. 사체를 살펴보니 가해자가 가학 취미를 갖고 있는 것도 판명되었다. 몸 구석구석에는 폭행에 의한 내부출혈뿐만 아니라 포승줄과 족쇄, 구타에 의한 상처자국이 무수히 남아 있었고, 또한 발바닥에는 산성 약품으로 지진 흔적까지 있었던 것이다. 단 그 모든 상처는 생전에 생긴 것임이 명확했고, 사체를 한 달이나 갖고 있었음에도 불구하고 시간(屍姦)의 흔적은 전혀 발견되지 않았다고 한다.

두 번째 사건은 약 1개월 후인 8월 1일. 그 이후 한 달 반에서 두 달 간격으로 범행이 거듭되었고, 네 번째 피해자가 발견된 것이 12월 20일이었다.

모두 같은 수법으로 교살되고 상처 입었으며 살해 후 한 달 정도 지나서 유기되었다. 이런 점으로 미루어 단순히 유기 장소를 찾기 위한 시간 낭비가 아니라 어떤 목적을 갖고 있음이 명확해졌고, '조지'가 무엇 때문에 한 달이나 시체를 수중에 두고 있었는지가 커다란 수수께끼로 세상을 떠들썩하게 하고 있었다. 사건이 있기 얼마 전 살인마가 피해자를 히나 인형*으로 장식해둔 영화가 상영된 일도 있고 해서 와이드쇼 등에서는 살해 후 방 안에 관상용으로 장식해둔 것이 아닐까 하는 억측도 나오고 있었다.

'조지'가 살해한 네 명의 피해자들의 공통점은 스무 살 전후의 젊은 여성으로, 갸름한 얼굴에 굳이 말하자면 마른 체형이라는 점이다. 그리고 요즘 같은 때에 보기 드문 긴 검은 머리를 하고 있다는 정도.

● 히나마츠리에 진열하는 인형.

그리고 그 특징은 전부 츠구미에게도 해당되었다.

히메지에 있는 고향집에서 부모님이 올라와 여기저기 찾아다녔지만 행방은 묘연했다.

스키장이나 온천, 해외여행 등 학생들이 긴 겨울방학에 들어가려 할 때에도 츠구미는 모습을 나타내지 않았다. 그리고 2월 16일, 우려했던 최악의 결과가 발생했다.

야마토가와(大和川)의 둑에서 시트에 쌓인 츠구미의 시체가 발견된 것이다.

조지의 제물이 되고 만 것이다. 가냘픈 몸은 목이 졸리고 잔인하게 훼손되어 있었다. 유해는 거의 썩어서 예전의 투명했던 아름다운 피부와 가녀린 몸매는 형체도 알아볼 수 없었다.

츠시마 츠구미. 향년 19세⋯⋯.

악몽이었다. 악몽의 시작이었다.

리드미컬하게 내리는 빗소리에 눈을 떴다. 똑똑똑⋯⋯. 방은 완전히 소리가 차단되어 있을 텐데 빗소리가 아무렇지 않게 들려온다. 희한한 설계다.

침대에서 일어나 시마바라와 방을 바꾼 것이 떠올랐다. 오무라와의 대화를 듣고 있었는지 "진짜 귀신이 나왔어요? 저 진짜 관심 있거든요"라며 막무가내로 들러붙었다.

"히라도 형은 유령의 존재를 믿지 않나 봐요. 구원이라든가 그런 추상적인 것이 아니라 제가 이 몸으로 진짜 존재한다는 걸 증명해 보이겠어요. 히라도 형의 졸업 논문을 다시 쓰게 해야죠"라며 기세 좋게 으르대었지만 과연 실제로 귀신이 나타났을 때에 제정신일지 의문이다. 꽤 취해 있었으니 술이 깼을 때 후회하지 않으면 좋으련만.

사진 액자 같이 생긴 탁상시계를 보니 오전 열 시를 조금 지난 시각이다. 이제는 익숙해진 검은 복도를 지나 라운지로 내려가니 히라도를 포함해 세 명이 대형 TV를 보고 있었다. 어젯밤에는 사세보와 남자 화장실에 하나밖에 없는 대변용 칸에 주인처럼 눌러앉아 있던 오무라를 제외한 다섯 명이서 세 시 무렵까지 마셨다. 그것도 첫날이라 자제한 것이니 술이 덜 깨서 비몽사몽한 분위기는 아니었다. 오히려 적극적으로 화면을 잡아먹을 듯이 보고 있다.

"무슨 일이에요?"

질문과 동시에 TV에 눈을 돌렸다. 화면에는 어느 지역

의 산속에서 일어난 산사태 장면이 방영되고 있었다. 산
길을 따라 나 있는 도로는 완전히 끊겼고 검붉게 깎여버린
산 표면에는 빗줄기가 더욱 거세게 몰아친다.

"날씨가 걱정돼서 일어나서 봤는데 말이야."

히라도는 머리카락을 손으로 넘기며 리모컨으로 볼륨을
높였다. 화면에 소리를 입히듯이 아나운서가 억양 없는 목
소리로 설명하고 있다. 간사이 지방 일대에 어젯밤부터 내
린 집중호우의 영향으로 호우·홍수 경보가 발령되었다고
했다. 화면에 비친 산사태는 나라(奈良) 현 남부인 것 같았
는데 나라뿐만 아니라 효고(兵庫) 현과 시가(滋賀) 현 등의
산간지역 여러 곳에서도 산사태가 일어난 것 같았다. 심술
궂은 전선이 상공에 정체해서 떡하니 버티고 있다고 한다.

"이대로라면 한동안 멈출 것 같지 않은걸?"

"모처럼의 합숙인데 아깝다. 태풍이면 자는 동안 지나
가 버렸을 텐데."

치즈루가 먹구름이 시야를 덮고 있는 유리 천장을 바라
보며 중얼거렸다. 가는 팔로 팔짱을 끼고 크게 한숨을 내
쉬고 있다. 어제와 달리 오늘 아침은 흰 셔츠에 파란색 블
레이저를 걸치고 있다. 허리를 조인 타입으로 가슴에는
GGG라는 엠블렘이 붙어 있다. 셔츠 깃에는 가는 넥타이

를 하고 있다. 단벌 신사 히라도와는 완전히 대조적이다.

"반디를 기대했는데."

24색 물감을 모두 섞어놓은 듯 잔뜩 흐린 하늘에서는 질리지도 않고 굵은 비가 계속 내리고 있다. 어제부터 하루 종일 같은 기세로 내렸다면 강우량이 상당할 것이다.

그때 치즈루가 무슨 생각이 났는지 깜짝 놀라 고개를 들며 말했다.

"설마 여기서도 산사태가 일어나는 건 아니겠죠? …… 산 중턱에 있는 데다 건물 뒤를 조금 깎았다는 것 같고."

"불길한 소리 하지 마, 마츠우라. 왜 갑자기 네거티브해진 거야."

히라도가 언짢은 듯 팔을 뻗어서 치즈루의 입을 막으려 했다.

"하지 마세요. 손에서 아직 술 냄새 난단 말이에요."

치즈루가 고개를 절레절레 흔들며 가볍게 째려본다.

"시끄러워. 술은 백약지장이라고."

"그런데 정말 마츠우라 말마따나 여기 괜찮을까요? 꽤 무리해서 지은 것 같은데."

"뭐야, 나가사키. 너까지 근심병이 발병한 거냐?"

히라도는 귀찮다는 듯이 시선을 돌린다.

"진짜, 넌 항상 그렇더라. 뚱보들은 낙천적이지 않으면 의미가 없다고. 비 좀 온다고 뭘 그리 겁을 먹었어? 인간은 그렇게 쉽게 돼지지 않는다고."

"히라도 형의 터무니없는 논리는 변함없네요. 하지만 밸런타인 팔중주단 멤버들도 10년 전에 어이없게 살해당했잖아요."

"뭐야, 이사하야. 너까지 우울한 애들 편들기야? 그 사람들이야 그렇게 느닷없이 죽었을지 모르겠지만 그런 걸 생각해봐야 아무 의미도 없다고. 언제 '묻지 마 살인'을 당할지 모른다며 벌벌 떨면서 다니는 것과 같은 이치야. 만약 파이어플라이관에 저주가 있다면 어젯밤에 일어났어야 해. 아니면 뭐야? 사실은 우리가 죽었는데 그걸 알아차리지 못하고 있는 것뿐이라고 말하려는 거야? 바보같이. 오컬트 영화를 너무 많이 본 거 아냐?"

히라도가 오히려 더 과장되게 태연한 척하며 소파에 누웠다.

"히라도 형은 아무렇지 않은가 봐요? 저주 같은 거 안 믿으세요?"

"믿어. 다만 저주가 미치는 것은 당사자의 심리뿐이지, 당연히 관계없는 사람에게는 영향이 없어. 그렇지 않으면 공존 같은 건 불가능하니까 말이야. 귀찮기만 하다고. 사람을 죽이는 건 어디까지나 살아 있는 사람끼리 하는 거지. 10년 전에도 그랬잖아?"

"쿨하시네요."

이 사람은 새해 첫 참배나 성묘도 안 가는 게 아닌가 하고 다소 의심하고 싶어진다.

"특별히 나만 그런 게 아니잖아? 저주 같은 걸 신경 쓰면 우리 아킬리즈도 성립하지 않을 뿐더러 사세보 형도 태평하게 이런 곳에서 먹고 자고 할 수 없다고. 그런데 왜 내가 식전부터 너희들을 돌봐야 되는 건데."

"돌보다니……. 과장이 심하시네요. 그냥 엎드려 누워 있을 뿐인데."

"무슨 소릴 하는 거야. 비 좀 온다고 저주니 뭐니 하며 떨고 있는 후배들을 격려하고 타일러서 기운 차리게 해야 하는 게 애들 돌보는 거랑 똑같지, 뭐. 답례로는 커피나 한 잔 들고 와줬으면 해. 알겠지? 이사하야?"

일부러 더 큰 소리로 부른다.

"알았어요" 하고 일어선 것은 치즈루였다.

"제가 타올게요. 아이스커피시죠?"

"응" 하며 끄덕이는 히라도.

"이사하야 선배하고 나가사키 선배도 아이스커피 괜찮아요? 아, 사세보 선배님한테는 일일이 물어보지 않아도 되죠?"

치즈루는 그렇게 말을 멈추고 두리번두리번 넓은 라운지를 둘러보며 물었다.

"……그러고 보니 사세보 선배님은 아직 주무시는 건가요? 우리들보다 훨씬 일찍 주무셨는데."

사세보뿐만 아니라 오무라와 시마바라의 모습도 보이지 않는다. 뭐, 오무라는 오후까지 별로 필요가 없을 테지만.

"아직 자고 있을 거야. 학교 다닐 때도 오전 강의에는 나간 적이 없대. 아니면 벌써 일어나서 오늘 밤에 쓸 트릭을 준비 중일지도 모르지만. 그리고 이런 날씨라면 아침에 일찍 일어나도 딱히 할 일도 없고 멍하니 TV나 보다가 기분만 우울해지는 게 고작이지."

"그러고 보니 벌칙 게임은 뭘 할지 들었어요?"

히라도는 치즈루에게 설탕 둘, 프림 하나를 주문한 뒤 "아니, 전혀" 하고 고개를 저었다.

"그런데 말이야, 내가 2학년 때였나, 재미있는 곳이 있다며 갑자기 밤중에 데리고 나가지 뭐야. 차로 한 시간 걸려서 도착한 곳이 교토 기부네(貴船) 신사였어. 입구에 턴

져놓고 '너 혼자서 경내까지 돌계단으로 올라가'라고 그러는 거야. 밤 두 시에 말이야. 알지? 축시 참배*. 기부네는 저주의 메카니까. 축시 참배를 한창 하고 있는 모습을 목격당하면 본인이 죽게 되니까 타인에게 들켰을 때는 반드시 그 목격자를 죽여야 해. 만약 축시 참배를 할 때 누군가를 딱 맞닥뜨렸으면 어쩔 뻔했는지. 그때만큼은 정말 간이 철렁 내려앉았어."

"오컬트네요."

"완전히 사이코 호러지. 돌계단을 내려갔더니 사세보 형이 웃으면서 괜찮냐고 하는데, 괜찮을 리가 없잖아."

"그런데 그게 벌칙이었어요?"

"아냐. 그 전날 CD 가게에서 운 나쁘게도 마침 수중에 돈이 없어서 사세보 형한테 2천 엔을 빌렸었어. 그 이자라는 거야."

"결국 페널티가 아니라 서비스였던 건가요?"

"그러니까 어제도 이야기했지만 사세보 형이 대체 뭘 꾸미고 있을지 솔직히 모르겠어. 이사하야, 너는 뭐 들은 거 없어?"

● 오전 두세 시경에 신사에 참배하여 남을 저주하는 일. 7일째 그 사람이 죽는다고 믿었다.

"아뇨" 하고 이사하야는 고개를 가로저었다.

"하지만 사세보 선배가 직접 하시는 거니까 정말 힘들겠죠? 오무라 형 괜찮을까요?"

"그러게."

히라도가 수염을 쓰다듬으며 히죽거렸다. 남 일이니까 안심이 된다. 히라도뿐만 아니라 모여 있던 모두가 히죽히죽 웃었다. 자기들 스스로 생각해도 악취미 집단 같다.

"그게 벌써 오무라가 1학년 때의 일이었나? 작년에 졸업한 사이카이 형이라고 있었는데. 그 형이 또 나쁜 사람이었지. 오무라를 데리고 롯코 산에 있는 호텔 터로 간 것까지는 좋았는데……."

히라도가 또다시 옛날이야기를 늘어놓기 시작했을 때 시마바라가 나타났다. 아직 졸린지 충혈된 눈을 비비고 있다. 구부정한 자세와 후줄근한 복장을 보고 방금 깨어났다는 것을 알 수 있었지만 금색 머리카락만큼은 깔끔하게 정돈되어 윤기 있게 서 있었다.

"안녕? 가지 군, 어제는 잘 잤어?"

히라도가 말을 걸자 시마바라는 "네에" 하고 가볍게 끄덕였다.

"졸리면 더 자도 되는데."

치즈루가 커피 잔을 쟁반에 담으며 말했다.

"신입사원이 사장님 출근을 할 수는 없잖아. 마츠우라, 나도 커피 부탁해."

"같은 1학년 주제에, 네가 알아서 먹어."

치즈루는 히라도에게 커피를 건네주면서 단호히 거절했다. 동급생, 아니, 연하라서 그런 것도 있겠지만 시마바라에게만은 가차 없다.

"참, 고마츠 교코의 유령은 안 나왔어? 잔뜩 기대했었잖아. 히라도 선배를 찍소리 못 하게 한다면서."

"뭐야, 찍소리라니?"

커피를 마시던 손을 멈추고 히라도가 물어왔기 때문에 어젯밤의 경위를 설명했다. 그러자 히라도는 고개를 끄덕이며 말했다.

"가지 군, 의외로 용기가 있는데! 그래, 어떻게 됐어, 결과는?"

시마바라는 입을 다문 채 가운뎃손가락으로 관자놀이 주변을 북북 긁고 있다.

"왜 뜸을 들이지, 이상한데? 설마 진짜 나왔어?"

"……안 나왔어요. 조용하던데요. 역시 오무라 형이 헛들은 건가 봐요. 그보다도 현관 홀 이상하지 않았어요?"

"이상하다니, 뭐가?"

이사하야가 물었다.

"전화기가 사라졌어요."

"전화?"

"홀과 라운지 사이에 목제 전화박스가 있었잖아요. 그 안에 앤티크풍의 가느다란 은색 줄이 들어간 멋스러운 검은색 전화기가 놓여 있었는데 그게 통째로 사라졌어요."

"그랬었나?"

고개를 갸우뚱하며 히라도가 이쪽을 본다.

"글쎄요……" 하며 이사하야는 고개를 저었다.

"있는지도 몰랐으니까."

"저도 미처 몰랐어요. 시마바라 정말 사라진 거야? 잠꼬대 하는 거 아니야?"

"그러면 확인해보고 와봐. 없을 테니까."

시마바라가 화가 난 얼굴로 발끈하며 되받아쳤다.

"잠깐 보고 올게요."

테이블 위에 쟁반을 내려놓고 치즈루가 현관 쪽을 향했으나 모습이 사라질까 말까 할 틈도 없이 이상한 표정으로 돌아왔다.

"정말이에요. 없어졌어요. 밑에서 잘린 코드 끝만 보이

168

고……."

"거봐"라며 시마바라는 만족한 듯이 끄덕이더니 설명을 시작했다.

"가위로 자른 것처럼 깨끗하게 잘렸어. 설령 고장 나서 떼어낸다고 해도 그런 터무니없는 짓은 하지 않잖아."

"확실히 좀 이상하군."

여태까지 태평스러웠던 히라도의 표정이 갑자기 험악해졌다.

"시마바라! 사세보 형한테 보고 좀 해줄래? 물론 형이 일어나 있으면 말이야."

"네에."

술기운이 아직 남아 있는지 시마바라가 무거운 발걸음으로 라운지를 나섰다.

그러고는 2분도 채 되지 않아 시마바라가 다급한 표정으로 다시 돌아왔다.

"이게 대체 무슨 일이예요? 모두 저를 속이고 있는 건 아니죠? 사세보 선배가……. 사세보 선배가."

그 말에 바로 반응한 것은 히라도였다. 평소에는 결코 볼 수 없는 민첩함으로 계단을 뛰어 올라갔다. 수염 달린 흑표범……. 그런 단어가 어울릴 법한 발놀림이다. 계단을

169

다 오르자 오른쪽 복도를 단숨에 가로질러 사세보의 서재로 향했고 선명한 흰색 문을 열고 안을 들여다보자마자 히라도의 움직임이 정지됐다. 마치 퓨즈가 나간 것처럼.

"무슨 일이에요?"

제일 뒤편에서 말을 걸자 히라도가 무표정한 얼굴로 이쪽을 돌아보았다. 무의식적으로 자신의 뒤통수를 툭 하고 천천히 치더니 입을 열었다.

"사세보 형이 죽었어."

기어들어갈 듯 작은 목소리였다.

5. 폭풍 속의 산장 7월 16일 오전 10시 40분

끊임없이 내리는 빗소리가 공포심을 부추기는 듯 들려온다. 집요하게 몇 번이고 몇 번이고. 도대체 무슨 일이 벌어지고 있는 것인가? 혼란스러운 머리를 정리해보려 하지만 그것을 방해하듯이 빗소리가 귓속을 비집고 들어온다. 귀를 막아버리고 싶은 기분이다.

어제 안내를 받았던 이 서재는 10년 전 가가 게이지가 사용했던 곳이자 미치광이가 된 그가 발견되었던 곳이다.

책상 너머 클럽체어에 숨이 끊어진 사세보가 앉아 있다. 어제와 똑같은 검은색 일색으로, 가가 게이지의 모습 그대로다. 의자 등받이에 몸을 기댄 채 위를 향하고 양손은 축 늘어뜨리고 있다. 눈도 입도 벌어진 채로, 전신이 이완되어 있다.

숨을 쉬지 않는다. 한눈에 봐도 확실히 알 수 있다. 검은 셔츠의 왼쪽 가슴에 은색 단검이 꽂혀 있었다. 칼날이 보이지 않을 정도로 완전히 깊숙이 꽂혀 있다. 백파이프에 장식되어 있던 단검이다. 가가 게이지가 범행에 사용했던 단검 중에 남은 한 자루였던 그것이 사세보의 가슴을 관통하고 있다. 칼날 길이로 보건대 등까지 다다랐을 것이다.

"은색 단검……. 죽은 건 사세보 형인가, 아니면 가가 게이지인가."

히라도가 나직이 중얼거린다. 서재 안은 쥐죽은 듯 조용해졌다. 화려한 샹들리에만이 휘황찬란하게 빛나고 있다. 사람도 방도 모두 생명이 없는 가운데 느껴지는 단 하나의 온기.

"……사세보 선배 죽은 거예요?"

문 뒤에서 안경만 삐죽이 보이는 치즈루가 조심조심 물었다.

"어, 그런 것 같아"라며 이사하야가 대답했다.

"살해당한 거예요?"

단검의 칼자루를 응시하면서 재차 묻는다.

172

"그런 것 같아."

이사하야는 다시 끄덕였다.

"……농담은 아니죠? 이게 어제 말한 벌칙 게임인가? 사세보 선배님 이런 걸 좋아하는 사람이잖아요. 남을 속이거나 놀라게 하거나."

"유감스럽지만. 아무리 사세보 선배라도 자신의 목숨을 희생해가면서까지는……."

"그래도."

"진정해, 마츠우라."

방 안에서 히라도가 고함을 질렀다.

"당황스러워도 어쩔 수 없어."

마치 자신에게 하는 말인 것 같다. 그리고 천천히 사체 옆으로 걸어가 오른쪽 팔목의 맥을 짚었다.

10초. 20초. 기적은 일어나지 않았다. 히라도가 힘없이 고개를 가로젓는다.

"안 돼!"

정적을 뚫고 치즈루가 소리쳤다. 극도의 긴장감을 참을 수 없었던 것 같다.

"진정해! 우선 이 방을 나가자. 그다음에 생각해보자."

히라도가 초등학생을 인솔하는 선생님처럼 전원을 복도

로 나가게 하고 문을 닫았다. 끔찍한 사체의 모습은 일단 시야에서 차단되었다. 그것만으로도 모두에게 희미하게나마 안도감이 퍼져갔다. 끊이지 않는 빗소리만이 멜로디처럼 들려온다.

"우선 경찰에 알려야지."

잠시 생각하는가 싶더니 부스스한 뒤통수를 탁 치면서 히라도가 말했다.

"하지만 전화기를 훔쳐갔잖아요."

시마바라가 즉시 대답했다. 애초에 그것을 알리러 사세보의 방에 들어간 것이었다.

"그랬었지……."

톤을 낮춘 목소리로 계속 뒤통수를 톡톡 두드린다. 조금이라도 제대로 된 생각을 하려는 듯이. 이윽고 두드리던 손이 허공에서 멈춘다.

"분명히 서재에 한 대 더 있었어."

히라도가 문을 열어 안을 들여다보더니 금방 목을 움츠리며 돌아본다.

"없어졌어. 어제는 분명 선반 위에 있었는데 그것도 사라졌어."

"범인의 소행일까요? 우리가 연락을 할 수 없도록 들고 가버린 것일까요?"

사체를 발견했을 때부터 머릿속에 떠올랐을 것이다. 비교적 침착한 말투로 시마바라가 말했다.

"그럴지도 모르지."

히라도가 눈썹을 찌푸리며 말했다.

"맞다!"

갑자기 치즈루가 주머니에서 휴대전화를 꺼냈다. 액정 화면을 보더니 금세 실망한 표정이 되었다.

"이럴 수가. 서비스 불가능……."

시험 삼아 버튼을 눌러보았으나 연결될 리가 없었다. 연락을 할 수 없다는 것을 알고 나니 더 불안해졌는지 입술을 오므리고 어깨를 움츠렸다.

"그런데 왜 전화기를 없앤 거죠?"

"신고를 늦출 속셈이었는지도 모르지. 시간을 벌기 위해서."

이사하야의 물음에 히라도가 대답하면서 무언가 생각났다는 듯이 고개를 들었다.

"차고에 가보자. 범인이 도망칠 시간을 벌 생각이었다면 무슨 흔적을 남겼을지도 몰라."

현관 밖에는 거센 비가 내리고 있다. 겹겹의 가늘고 뾰족한 선들이 천상에서 내려와 지면에 부딪친다. 불과 2, 3미터 앞의 시야도 보이지 않고 집 안에서는 귀에 슬며시 들어오는 정도였던 빗소리는 고시엔 야구장의 함성처럼 귀청을 찢는다. 밖에 나와 보니 파이어플라이관의 방음이 얼마나 완벽하게 되어 있는지 비로소 알 것 같다.

이런 날씨에는 어차피 우산도 거의 제 역할을 못 하고 폐품만 늘릴 뿐이다. 갓보살*도 눈이 아니라 이런 폭풍우였으면 답례를 하러 오지 않았을 것이다. 그래도 다섯 명 모두가 염주를 꿰듯 줄줄이 묶여 차고로 향했다. 비를 피하겠다고 혼자 건물에 남는 것보다 같이 있는 편이 안심할 수 있어서였다.

"이상하네."

차고에 들어가 조명을 켜자마자 선두에 있던 히라도가 말했다. 약간 안정을 되찾았는지 평소의 큰 목소리로 돌아왔다.

• 가난하나 마음씨 착한 노부부가 눈 오는 밤 자신을 희생하며 보살에게 갓을 씌워 주는 선행을 하여 보살이 그 답례를 하였다는 일본의 옛날이야기.

"왜 그러세요?"

이사하야가 묻자 히라도는 검은색 왜건을 가리켰다.

"누군가가 사세보 형의 왜건을 쓴 것 같아. 봐. 차체는 젖어 있고 입구 쪽에서부터 쭉 타이어 젖은 흔적이 남아 있어. 우리들이 타고 온 차는 완전히 말라 있는데 말이야. 사세보 형은 어제 우리들이 온 이후로는 분명 밖으로 나가지 않았을 거고."

"무슨 사정이 있어서 밤중에 나갔다 왔을 가능성은요?"

젖은 금발이 신경 쓰이는지 머리카락을 만지면서 시마바라가 끼어들었다.

"뭣 때문에? ……하지만 사세보 형도 어젯밤은 꽤 마셨잖아. 이런 폭풍우 속 산길을 음주운전 한다는 건 도저히 생각할 수 없어."

창문 너머로 왜건의 운전석을 살펴보면서 히라도가 말했다. 조금이라도 이상이 있으면 놓치지 않겠다는 식으로.

"맞다. 이사하야! 네 차가 움직이는지 확인 좀 해줘. 키 갖고 왔지?"

"가지고 있는데 왜요?"

"범인이 혹시나 신고를 늦추려는 속셈이었다면 우리의 발을 묶어두려고 차도 못 쓰게 해놓은 게 아닐까 해서."

그렇군. 제대로 된 추측이다.

"무서운 소리 하지 마세요. 차를 못 쓰게 되면 여기에 꼼짝없이 갇히는 거잖아요."

이사하야는 투덜거리며 운전석에 올라타 키를 돌렸다. 순간 엔진이 경쾌한 소리를 내며 회전했다. 배기가스 냄새가 자욱하다.

"괜찮은 것 같군. 타이어도 펑크 나지 않았고. 다행히 예상이 빗나간 셈이군."

차 바퀴를 두세 번 발로 차면서 히라도가 말했다. 어느 정도 안심한 목소리다.

"어휴, 험하게 차지 마세요."

"쪼잔하게 굴지 마. 그보다 바로 차를 빼줘. 아래까지 서둘러 신고하러 가야 하니까."

히라도가 조수석에 타려고 차문을 열었을 때 시마바라가 눈썹을 치켜세우며 차를 세웠다.

"히라도 형 둘만 도망갈 생각은 아니죠? 우리들을 여기에 내팽개쳐 두고."

농담처럼 말하고 있지만 반 정도는 진심으로도 보인다. 기분 나쁜 녀석이다.

"야. 날 못 믿는 거야?"

히라도는 황당하다는 눈빛으로 시마바라를 보았다.

"……하지만 이사하야 혼자 보낼 수도 없잖아. 이런 빗속이라면 내비게이션 역할도 운전할 수 있는 사람이 하는 게 좋잖아. 오무라는 아직 자고 있는 데다 일부러 깨워서 사정을 설명하는 시간이 아까워. 범인이 시간을 벌고 싶었다고 하는 건 신고가 빠르면 빠를수록 범인에게 있어서는 불리하게 되는 법이니까."

"자, 그럼 저도 괜찮지 않아요? 면허라면 저도 갖고 있으니까. 미리 말해두지만 딱히 두 분을 의심하고 있는 건 아니에요."

"시마바라, 네 기분은 알겠다. 이 타이어의 흔적을 보면 더욱더 그래. 하지만 버리는 게 아니야. 오무라의 차에 타고 돌아갈 수도 있고 네가 오무라 차를 운전해도 좋아. 그보다 이런 비라면 언제 사고가 날지 알 수 없단 말이야. 자칫하면 골짜기 아래로 떨어지는 거야. 오히려 여기에 남는 편이 안전하다고. 알겠어?"

시마바라는 끈질기게 물고 늘어졌다.

"하지만 선배님들 두 분이 빠지면 남겨진 우리들은 혼란스럽다고요. 누군가 통솔을 해주셔야."

"음, 하긴 오무라하고 나가사키로는 좀……."

히라도는 납득했는지 턱수염을 쓰다듬으며 잠시 생각에 빠졌다.

"알았다. 시마바라, 나랑 같이 가자. 이사하야, 차 좀 빌릴게."

"……어쩔 수 없네요."

이사하야는 마지못해 히라도에게 키를 건넸다. 아무것도 아니다. 면허는 지참하고 있었던 듯하다.

"아무쪼록 부딪치지 않게 하세요."

"맡겨두셔. '나니와*의 슈팅스타'가 이 몸이시라고."

"'나니와의 메테오**' 아니에요? 어쨌든 동승할게요."

진지한 말투로 시마바라가 조수석에 타려고 한다.

"뭐, 상관없어. 대신 떨어져도 나를 원망하지 말라고. 그리고 너희들은 오무라를 깨워서 라운지에 한데 뭉쳐 있어. 그 편이 안전하니까. 아, 그 전에 먼저 차고 셔터를 올려줘."

재빨리 지시하고 차문을 닫은 뒤 끼익 하며 갑자기 미끄러지듯 발진했다. 둘을 태운 차는 그대로 빗속으로 사라져 갔다. 물안개가 가득 찬다. 엔진 소리가 호우 속에 사라져

* 오사카 및 그 부근의 옛 명칭.
** 유성.

간다.

"무사히 갈 수 있으려나?"

치즈루가 어슴푸레 희미해져 가는 자동차 미등을 걱정스럽게 바라보며 중얼거렸다.

"그래야지. 그보다 우린 돌아가서 오무라 형을 깨우러 가자."

'라운지에 한데 뭉쳐 있어.' 그 말이 의미하는 바는 모두 어렴풋이 알고 있을 터이다. 한 번 밖에 나갔다 돌아온 왜건. 살인범이 저택에 돌아와 있을지도 모른다. 하지만 누구 하나 구태여 입 밖에 내지 않았다. 분명히 말하지 않아도 모두 눈치채고 있을 테니까.

오무라를 깨우러 갔더니 오무라는 잠을 설쳤다며 벌게진 눈으로 내려왔다. 방음 설비 탓에 잠에서 깼음에도 불구하고 좀 전의 소동은 전혀 눈치채지 못하고 있는 것 같았다. 사정을 얘기해도 처음에는 "모두 날 속이는 거지?"라며 완고하게 믿기를 거부했다. 아무튼 벌칙 게임을 받기로 했던 몸이니 그 벌칙이 아침부터 시작한다 해도 이상하지 않았을 것이다. 하지만 모두가 진지한 표정인 것을 보고 그제야 믿기 시작한 눈치였다.

"여자야. 내가 말한 대로야. 이 집에는 한 명 더 있어."

그러더니 그대로 입을 다물어버렸다. 사체를 확인하러 가려고도 하지 않는다. 그에 휩쓸리듯 나머지 사람들의 입도 무거워졌다.

고풍스럽게 바랜 라운지. 터무니없이 넓기만 한 라운지는 참을 수 없이 쓸쓸하다. 인원은 줄어서 네 명이 되었고 망망대해 위의 작은 새들처럼 중앙에 모여서 TV를 틀어놓고 내심 서로의 모습을 확인한다. 답답한 분위기 속에 맴도는 긴장감을 참을 수 없어 등줄기가 서늘해진다. 어쩌면 이 안에 범인이 있다는 말인가?

"이거 누구 휴대전화예요?"

치즈루가 의자 뒤에 떨어져 있던 휴대전화를 주워 들며 물었다. 회색 폴더 기종이다. 접은 채로 사진을 찍을 수 있다고 하는 상품. 휴대전화 고리에 구치비르게*의 피규어가 달려 있다.

---

* 1970년대 방영된 특촬 프로그램에 나오는 기괴하게 생긴 마인 캐릭터.

"으음, 이거 보더폰이죠?"

"혹시 사세보 선배 거 아니야?"

어두운 얼굴로 오무라가 말한다. 쉰 목소리가 한층 더 으스스하게 느껴진다.

"무서운 말 하지 마세요, 진짜."

치즈루는 본체를 잡고 있다가 휴대전화 고리를 집듯이 바꿔 들었다. 기분이 찜찜해졌을 테지.

"사세보 선배는 분명히 도코모였어. 이 멤버 중에 보더폰은 히라도 형하고 오무라 형 둘뿐인가? 나머지는 도코모였던 것 같은데. ……시마바라는 잘 모르겠지만."

"듣고 보니 히라도 형, 메일 송신료가 싸다고 자랑했었지. 보더폰끼리면 더욱 싸지니까 너도 바꾸라며 귀찮게 했었어."

미적지근해진 아이스커피를 입을 갖다 대며 이사하야가 말하자 "맞아, 맞아" 하며 치즈루도 동의했다.

"저도 들었어요. 사진 첨부해서 문자를 주고받으려면 같은 통신사인 편이 좋다면서. 나가사키 선배한테도 강요했었죠?"

"어. 새로운 기종은 간단하게 셔터음을 지울 수 있으니까 도촬도 마음껏 할 수 있다고. 그러니까 바꾸라고 온통 거짓말만 늘어놓았었지."

"굉장한 어프로치네요. 그런데 그런 수에 넘어가는 나가사키 선배도……."

치즈루가 가볍게 웃더니 말했다.

"아, 맞다, 맞다. 시마바라의 휴대전화는 고리 모양이 갈고리 십자가 모양이었던 게 생각났어요. 그렇다면 이것은 히라도 선배 건가?"

치즈루는 일단 사세보의 것이 아니라는 것을 듣고 안심했는지 휴대전화 고리에 손가락을 걸고 달랑달랑 흔들기 시작했다. 그러자 오무라가 고양이 등을 더욱 구부정하게 하며 음침한 목소리로 물었다.

"……히라도 형이 자기 휴대전화를 갖고 있다면 어떻게 되지?"

"무슨 의미죠?"

여전히 손으로 흔들대며 치즈루가 묻는다.

"범인이 떨어뜨린 것일지도 몰라."

갑자기 치즈루의 손에서 휴대전화가 날아갔다.

"위험하다고! 고장 나면 나중에 혼날 줄 알아."

이사하야가 떨어지기 직전에 겨우 캐치하여 가볍게 치즈루를 째려본다.

"그게, 오무라 선배가 무서운 말을 하니까."

치즈루는 볼이 부루퉁해져서 비난하듯 오무라를 본다.

자신이 말해놓고도 무서워졌는지 오무라의 시선은 가만히 이사하야 손에 있는 휴대전화를 응시하고 있다. 오히려 무서운 것을 즐기려는 셈인가. 이윽고 떨쳐버리듯이 시선을 위로 돌리더니, 쉰 목소리로 나직이 중얼거린다.

"한 가지 이상한 게 있는데, 전화를 숨긴 건 신고를 늦추려는 거잖아? 하지만 그럴 여유가 있으면 보통은 얼른 도망치지 않나?"

"그건……."

이사하야가 망설이며 입을 열려는 순간 현관에서 히라도가 허둥대며 들어왔다. "큰일 났어! 큰일!" 하며 라운지 안에 큰 소리가 울려 퍼진다. 그 뒤로는 시마바라가 아무 말 없이 따라 들어온다. 하지만 차고를 나선 지 아직 10분 정도밖에 지나지 않았는데.

"어떻게 된 거예요? 이렇게 빨리."

아무리 생각해도 돌아온 시간이 너무 빠른 것에 놀라서 물었다.

"반디 다리가 수몰됐어. 게다가 거대한 나무가 떠내려와 걸려 있어서 저 상태로는 도저히 못 건널 것 같아."

"……그러니까 결국 갇혔다는 말이에요? 외부와 연락도 안 되는 상황에다."

"그런 거지."

히라도는 감정을 억누르듯이 클럽체어에 몸을 파묻으며 담배에 불을 붙였다. 그 일련의 동작들은 느긋하게 여유가 있어 보였지만 불이 붙는 순간 담배 끝이 약간 떨렸다.

"……그렇다면, 저 타이어의 흔적은 범인이 도망치려다가 강을 건너지 못해서 되돌아온 흔적일까요?"

"분명 도망치지 못해서 전화를 부숴버린 거야. 역시 여기에는 또 한 사람이 있어, 어떤 여자가."

오무라가 그렇게 외치더니 유리 천장을 올려다보았다. 유리 너머로 펼쳐진 검은 하늘은 마치 절망감을 더욱 부추기기라도 하는 듯했다. 무의식적으로 시선을 돌리는 것을 보니 오무라의 감정이 느껴졌다.

"그럴지도 모르겠네. 그렇다면 여덟 번째 여자인가. 왠지 등골이 오싹해지는데."

마치 사세보의 혼이 씐 것처럼 히라도는 희미한 웃음을 띠었다. 그것은 어쩌면 모든 것을 내려놓고 자포자기한 웃음이었는지도 모른다.

6. 지문 7월 16일 오전 11시 20분

"조금 이르긴 하지만 점심 먹을까?"

먹구름이 잔뜩 껴서 울창한 수해(樹海)를 이루고, 그 바람에 라운지 내에는 음엽(陰葉)이 우거진 것처럼 한층 음울한 분위기가 조성되었다. 끊이지 않는 빗소리가 신경을 갉아먹는다. 그런 가운데 수염을 만지작거리며 멍하니 호우 뉴스를 보던 히라도가 큰 소리로 말했다.

"벌벌 떨고만 있어 봐야 아무 소용없어. 비가 그치고 강물이 줄어들면 걸려 있는 나무를 치울 수도 있을 거야. 그냥 그때까지만 참아보자."

파이어플라이관으로 통하는 길은 딱 하나인데 엄청난

비와 떠내려온 나무 때문에 외부와 차단되어 졸지에 저택에 간힌 꼴이 되었다. 외딴 섬이나 비경(秘境)이라면 모를까 교토의 산골짜기에서 이런 상황이 되리라곤 전혀 예상도 못 했다.

"그래서 아까 냉장고를 좀 살펴봤는데 사세보 형은 여기서 꽤 오래 있을 생각이었는지 고기도 야채도 충분히 쌓아두었더라고. 일주일 정도는 배부르게 마음껏 먹어도 될 것 같아. 그러니까 안심해."

"언제까지 여기 있을 생각이에요?"

그에 반해 오무라의 얼굴에는 생기가 없고 쉰 목소리에는 힘도 없다.

"글쎄. 하지만 우리의 행선지를 알고 있는 사람들이 있을 테니까 우리가 예정일에 돌아오지 않으면 신고를 하든가 하겠지. 안 그래도 이런 호우에 가족들이 걱정하고 있을 테니까."

히라도는 배짱도 안정감도 되찾은 것 같다. 어제까지 보이던 느긋하고 여유로운 풍격을 뿜어내기 시작했다.

"뭐, 그렇게 되면 좋겠지만요."

회색빛 천장을 올려다보며 시마바라가 불쑥 내뱉는다.

"뭐야, 시마바라. 너는 집에서 내놓은 거야?"

"아니에요."

시마바라는 눈을 치켜뜨고 정색을 했다.

"저희 집은 아버지만 계셔서 늘 일이 바쁘시니까 귀가가 2, 3일 늦는다 해도 모르실 수도 있겠다고 생각한 것뿐이에요."

"남자면 다 그런 거지, 뭐. 걱정해봐야 한이 없어. 옛날 훌륭하신 분이 이런 말씀을 하셨대. 앞으로 걸어가는 게는 있어도 그치지 않는 비는 없다고."

"하지만 일주일 안에 그친다는 보장은 없잖아요?"

항상 자질구레한 것까지 걱정하는 성격의 오무라가 집요하게 물고 늘어진다.

"열흘만 계속되더라도 아사 직전에다가 반짝이끼* 상태가 된다고요."

"어처구니가 없네. 상식적으로 그렇게 장기간 호우가 계속될 리가 없어. 안심해. 게다가 정 위급한 상황이 되면 차도 있고 걸어갈 수도 있어. 절해고도**가 아니라고. 산기슭까지 내려가기만 하면 휴대전화도 전파가 잡혀. 이 정

• 추운 겨울 홋카이도에서 난파한 배의 선장이 연명하기 위해 동료의 사체를 먹었던 사건.
•• 육지에서 멀리 떨어진 외로운 섬.

189

도의 인원이라면 빗속에 나무를 치우는 일도 전혀 불가능한 건 아니야. 최후의 수단은 얼마든지 있다고. 기다리면 배를 띄울 수 있는 좋은 날씨도 있다는 말은 우선 침착하게 기다리라는 뜻이야."

오무라가 히라도의 말에 압도되었는지 순순히 물러났다. 여기서 이렇게 떠들어본들 어떠한 해결책이 있는 것이 아니란 것을 이제야 안 것 같다.

다시 정적이 계속 되고 뚝뚝뚝 빗소리가 귓속으로 스며든다.

"그럼 요리는 히라도 형이 만들어주는 거예요?"

빗소리에 자극받은 것은 아니지만 아침부터 아무것도 먹지 못한 것이 생각나서 물어보았다.

"내가 왜?"

히라도는 이쪽을 멀뚱멀뚱 쳐다보며 예상대로의 답변을 한다. 기대는 하지도 않았지만.

"우리 할머니가 유언으로 남자는 술안주 외에 주방에 들어가선 안 된다고 신신당부하셨지. 난 할머니 말씀을 잘 따르는 손주였으니까 미안하게도 이것만은 거스를 수가 없어."

예전에 하숙집에서 술을 마실 때 소라 갈릭 토스트를 얻

어먹은 적이 있다. 맛도 모양도 최고였다. 어디까지나 술 안주였지만 요리를 못하는 것은 아닌 듯하다. 콧노래를 불러가며 요령 좋게 만들고 있었으니까 요리하는 것이 싫은 것도 아닌 듯하다. 그런데도 이렇게까지 거부하는 것을 보면 정말로 할머니의 유언인지도 모르겠다.

"제가 할게요. 1학년이기도 하고."

주저 없이 치즈루가 손을 들었다.

"뭔가 다른 일로 신경을 돌리고 싶기도 하고요. 또 한 명이 있었으면 한데……, 시마바라!"

긴 속눈썹을 흩날리며 시마바라에게 시선을 보낸다.

"나? 그런데 말이야."

반창고를 두른 손가락을 보이면서 시마바라는 입을 꾹 다물었다. 어제 주방에서 난 상처다.

"기대를 하면 안 되겠네. 그래도 혼자서 하기에는 너무 양이 많은데."

치즈루가 곤란하다는 듯이 팔짱을 끼며 부루퉁해하자, 보다 못해 나서려고 하는데 오무라가 쉰 목소리를 내며 손을 들었다.

"내가 할게. 마츠우라 말대로 신경을 다른 데 쓰고 싶어. 계속 이것만 생각하다 보면 더 우울해질 것 같고."

"너도 요리할 수 있었어?"

의외라는 듯 히라도가 오른쪽 눈썹을 올렸다.

"꽤 해요. 제 방식대로만 해봤지 남들에게 주려고 만들어본 적은 거의 없지만."

조금 전과는 딴판으로 자신에 찬 목소리이다. 허세나 농담으로는 보이지 않는다.

"그러고 보니 생각났다. 맛있었지, 그거. 뭐였더라? 초봄에 묘겐산(妙見山)에 갔다 오는 길에 너희 집에서 먹었던 거."

"큰실말 말씀하시는 거죠?

"그래 맞아, 큰실말. 식초 배합이 절묘했지."

"네, 네. 감사합니다."

요리 이야기가 나오자 오무라도 여유가 생긴 듯했다. 일어서서 무릎 언저리를 탁탁 털더니 자랑을 늘어놓는다.

"그건 오무라 집안 대대로 내려오는 맛이라고요."

"자, 그럼 오무라 선배, 같이 부탁해요."

치즈루가 기세 좋게 일어서더니 오무라를 불러 주방으로 사라졌다. 잠시 후 "생강 좀 집어주세요"라며 열려 있는 문 저편에서 치즈루가 지시하는 소리가 새어 나온다. 도마 위의 칼 소리가 통통통 나기 시작한다.

192

이내 분위기가 조금 누그러졌다. 이 집 안에 사체가 있다는 것을 잊어버릴 만큼.

"아참, 이거 히라도 형 거 아니에요?"

이사하야가 주머니에서 휴대전화를 꺼내어 보였다.

"맞아 맞아. 이 도르게 마인*은 내 거야. 그런데 이거 어디 있었어? 아니면 도촬하는 데 필요했던 거야?"

"여기서 무슨 도촬을 한다고 그래요. 분명히 말씀드리지만 전 아무것도 안 찍었어요. 마츠우라가 거기서 찾은 거예요."

의자 뒤쪽을 가리키자 "이상한데" 하며 히라도는 고개를 갸우뚱했다.

"왜 그러세요?"

"아니, 아침 여섯 시쯤에 말이야. 담배를 피우려는데 가방을 라운지에 놓고 온 게 생각나서 여기까지 가지러 왔는데 가방 옆 주머니에 찔러두었던 휴대전화가 안 보였어. 그러다 계속 졸려서 10분 정도 찾다가 포기하고 다시 자러 갔지만. 가방이 거기 있었기 때문에 이 주변은 샅샅이 뒤졌는데 말이야."

• 특촬 프로그램 〈초인 바롬1〉에 나오는 악당.

"또 잠이 덜 깼던 거 아니에요? 전에도 하숙집에서 열쇠가 안 보이니까 집 좀 봐달라고 밤중에 전화 건 적 있었죠? 그때도 몇 번이나 찾아봤다고 그렇게 말하던 바지 주머니에서 열쇠가 나왔잖아요."

이사하야가 의심스럽다는 듯 히라도를 지적했다.

"그때는 이 두 번째 주머니하고 손수건 사이에 끼어 있어서 그랬지. 그래서 손끝의 감촉이 방해를 받아서 그런 거지, 절대 잠이 덜 깼던 게 아니야."

"그래서 다시 일어나서 찾아보셨어요?"

시마바라가 곁눈질하며 묻는다.

"완전 깜빡했네. 내가 원래 아침잠이 많아서 멍하니 TV를 보고 있었고, 어차피 전파도 안 잡히니까 필요 없기도 하고. 그러더니 비는 엄청 오지, 사세보 형은 저렇게 됐지, 여러 가지 있었잖아. 지금 보고 생각났어."

그렇게 말하며 히라도는 한손으로 휴대전화를 삑삑거리며 만지고 있다.

"아무도 안 만졌어요."

"알고 있어. 어차피 사용도 못 하는 거, 뭐."

히라도는 바탕화면이 기동하는 것을 확인한 후 탁 하고 휴대전화를 닫았다.

"그래도 혹시나 엉겁결에 카메라가 작동해서 범인 모습이 찍혔을지도 모르잖아."

"재미없는 농담은 그만하세요. 설령 원인 모를 전파 탓에 셔터가 눌렸다고 해도 찰칵 하고 소리가 나면 들켜버리잖아요. 아니면 전에 말한 대로 도촬용으로 설정을 바꿔놓은 거예요?"

"나 히라도야. 썩어도, 아니 썩지는 않았지만, 히라도 히사시라고. 결코 나가사키가 아니라고!"

"어쩌면 범인이 아니라 귀신이 찍혔을지도."

시마바라가 한쪽 턱을 괴고 툭 내뱉었다. 불길하게.

"여기서 얌전히 앉아서 기다리는 것도 성격에 안 맞고 말이야."

점심은 닭고기 포와레와 구운 야채 마리네. 닭 껍질은 바삭바삭하게 고소한 소리가 나고 와인 비네거*가 잘 스

● 포도주 식초.

며들어 미각을 자극한다. 예상했던 것 이상으로 호화로운 점심 식사다. 듣자 하니 오히려 오무라가 메인이 되어 만들었다고 한다. 치즈루는 그런 오무라의 실력에 감탄한 나머지 칭찬의 말을 몇 번이고 쏟아내고 있었다. 아마도 오무라를 보는 눈이 바뀐 것이 아닐까. 오무라는 지금까지 아킬리즈 내에서의 평가가 바닥이었지만, 그래도 지금은 모두의 찬사에 만족스러운 듯싶다.

지금 현재 오무라는 가치 있는 인간이 되었다. 설령 파이어플라이관을 떠나 일상으로 돌아갔을 때 옥좌에서 미끄러질 가능성이 커 보이긴 하지만, 이 자리에서만큼은 한순간의 빛줄기처럼 인상적이었다. 부러울 뿐이다.

이로써 사세보의 죽음이 없었다면 최고의 식사였음에 틀림없다. 사체만 없었다면.

호화로운 점심 식사 후 커피 타임에 돌입했을 때 히라도가 천천히 말을 꺼냈다.

"계속 기다리는 것도 성격에 안 맞고, 우리 서재를 좀 조사해보지 않을래?"

"이런 때 말이에요?"

이사하야는 놀라서 히라도의 얼굴을 보았다.

"겨우 두 시간 전쯤에는 '기다리면 배를 낼……' 어쩌고 하신 것 같은데요."

"뭐야. 이럴 때니까 그러는 거야. 비는 기다리면 그치지 만 범인은 이대로 얌전히 있어줄지 어떨지 모르잖아. 적어 도 범인은 여기에서 도망쳐주지 않았어."

"그렇긴 하지만……, 그렇다고 해서 탐정놀이라니. 죽 은 것은 사세보 선배라고요. 그걸 어떻게 조사해요?"

그러자 히라도의 오른 눈썹이 슥 하고 치켜 올라갔다.

"자 그럼 하나만 물을게. 우리들은 사세보 형이 왜 살해 당했는지 이유조차 몰라. 만약 범인이 사세보 형 개인이 아니라 아킬리즈, 즉 우리들에게도 원한을 갖고 있는 거 라면 어떻게 할 거야? 비가 그쳐서 물이 불어나는 게 멈출 때까지 24시간 계속 꼼짝 않고 있을 수도 없잖아. 스트레 스 때문에 미쳐버릴지도 모르고 말이야. 그러다 곧 고립될 지도 몰라."

"그러니까 우리가 선수 쳐서 조사하자는 말씀이세요?"

"아무것도 하지 않는 것보다는 낫다고 생각하는데."

히라도가 강한 어투로 결론을 내리고 동의를 구하려는 듯이 모두를 둘러보았다. 평소에는 졸려 보이는 눈빛이 마 치 보석 가게의 감시 카메라처럼 천천히 돌아간다. 히라도 는 범인이 외부자임을 강조하고 있지만 분명히 내심 이 안에 있을 가능성도 고려하고 있는 모양이다. 그렇다면 이쪽에서 먼저 선수를 치는 것이 필요할지도 모르겠다.

"저는 패스할게요. 역시 두 번 다시 보고 싶지도 않고……. 참을 수 없을 것 같으니까."

가장 먼저 치즈루가 거부했다. 무리도 아니다. 치즈루를 따라 거부하는 목소리가 몇 명에게서 나왔다.

"하여튼 이 녀석이나 저 녀석이나. 숨어서 가만히 있을수록 신경만 곤두설 뿐이라고 말했는데도. 그럼 가담할 사람은 누구야? 사양 말고 손 들어."

큰 소리로 고함을 치며 이쪽을 노려본다. 어쩔 수 없이 작게 손을 들었다. 아니, 어쩔 수 없다는 것은 표면상의 이유이고, 실은 나 자신도 알고 싶고 조사해보고 싶은 욕구가 분명히 있었다. 사세보가 어째서 서재에서 죽어 있었는지를 밝히고 싶다. 이대로 라운지에서 숨죽이고 가만히 있을 거면…….

"세 명인가?"

만족한 듯이 히라도가 끄덕인다.

"세 명?"

놀라서 옆을 보니 시마바라도 가느다란 팔을 들고 있다. 의외였지만 동시에 이해도 되었다. 차고에서 히라도에게 대들던 장면. 어떤 의미에서는 그 녀석 혼자만이 냉정한 판단을 하고 있었다고 할 수 있으니까 말이다.

"자 그럼 우리는 가볼까? 너희들은 여기서 얌전히 기다리고 있어. 졸랑졸랑 돌아다니다 범인과 맞닥뜨릴지도 모르니까."

고약한 취미의 농담을 덧붙인 뒤 히라도는 앞장서서 TV에 나오는 가와후지 탐험대처럼 사세보의 서재로 향했다.

어둡고 한산한 복도. 구석에 누군가 숨어 있다 해도 바로 알아차리지 못할지도 모른다. 그것은 어제도 느낀 것이었지만 어제와 오늘은 사정이 완전히 다르다.

서재 문을 연다. 저택의 주인은 아침과 같은 모습으로 의자에 앉아 있다. 검은 가슴에는 단검. 셔츠에 검붉게 피가 배어 있다. 마치 한 장의 스틸사진처럼 아침과 똑같은 모습이다. 시간이 멈춘 듯하다. 그렇다고 해서 뭘 할 수 있는 것도 아니다. 비가 그쳐 경찰이 올 때까지 이대로 두어야 한다. 다만 부패를 늦추기 위해 에어컨을 틀어 가능한

한 실내 온도를 낮추어놓았다. 얼마나 효과가 있을지 의문이지만.

사세보의 얼굴은 아침보다도 흙빛이 더 심해진 것 같다. 문자 그대로 핏기가 사라지고 있다. 손도 못 쓰고 이대로 시커먼 얼굴로 변모해가는 것일까. 앤티크풍의 싸늘한 방에 한 구의 시체. 마치 모든 것이 죽은 과거의 영상처럼 생각된다. 과거에는 있었지만 지금은 이미 존재하지 않는 세계처럼. 그런 가운데 빗소리만이 규칙적으로 리듬을 만들어 이것이 현실임을 집요하게 알리고 있다.

"우리끼리 뭔가 알 수 있을까요?"

입구에 선 채로 그렇게 물었다.

"글쎄. 아까는 기세 좋게 쏘아붙였지만 뚜렷한 계획이 있는 건 아니야. 하지만 앉아서 기다리는 것도 싫고 해서. 사세보 형하고는 오랫동안 알고 지낸 사이고 그냥 썩는 걸 기다리기도……."

히라도의 시선이 책상 위의 액자에 모였다. 사세보의 누나 사진이다.

"하지만 그런 정의로운 감정만으로 이러는 건 아니야. 사세보 형한테는 미안하지만 갇혀 있는 우리들 걱정도 해야 하고 말이야. 서투르지만 '범인 찾기'를 하는 것도 중요하다고 생각해. 답답한 분위기를 타파하기 위해서도. 게다가 사세보 형은 결국 왜 이런 유령의 집에서 죽는 처지가 되었는가도 알고 싶고. 뭐, 마지막 것은 단순한 내 이기적인 욕심이지만."

"분명 사세보 선배가 유령의 집에 있어도 악화될 뿐이라고 말씀하신 게 생각나요. 그런데 결국 마지막이 이렇게 되다니."

시마바라는 그렇게 중얼거리면서 신중한 발걸음으로 사세보의 유해 쪽으로 가까이 갔다. 세 명 중에서 가장 사체를 두려워하지 않는 것처럼 보인다. 유령을 보려고 방을 교환할 정도이니 담력은 두둑하겠지.

"나는 사세보 형이 파이어플라이관에 있지 않는 편이 좋다고 생각했어. 비극을 똑바로 보지 않고 유령만 쫓아다녀 봐야 좋을 일이 없지. 도피한다고 해결되는 일이 아니니까……. 그래도 재작년하고 비교하면 확실히 구원받은 표정을 하고 있었어. 생기를 되찾고 있었지. 그래서 이상했어. 유령의 집이 이런 종류의 구원도 주는 것인가 하고 말이야. 올해는 그것도 확인해보고 싶었는데……."

"당사자인 사세보 형 본인이 허망하게 살해당해 버렸고 말이죠."

히라도는 조용히 끄덕였다.

"그래서 또다시 미궁 속이야. 행복해 보이는 표정 뒤에 살해당할 이유가 있었어. 흠이 없는 행복이진 않았던 거야. 천장에 칼이 매달려 있는 듯한 '구원'이다. ……그런데 시마바라는 어째서 따라온 거야? 사세보 형하고는 거의 첫 대면이지 않았나?"

시마바라는 고개만 이쪽을 향하고 말했다.

"돌아가신 할머니가 잔소리가 심한 사람이었어요. 복장이나 예의부터 말씨까지 자잘한 일로 사사건건 잔소리를 했죠. 그 탓에 속박당하는 것을 이 세상에서 가장 싫어하게 되었던 거예요. 이 옷차림, 누구한테도 구속당하지 않겠다는 해방의 이미지라고요. 남쪽 나라와 해방이라니 제가 생각해도 너무 뻔한 것 같지만, 오히려 그런 뻔한 메시지 같은 것이 제겐 필요했어요."

양쪽 어깨 쪽을 살짝 집어 올리며 청자색 알로하셔츠를 강조한다.

"합숙 때문에 특별히 맞춘 거예요. 마린블루를요. 그런데 이렇게 비도 오는데 라운지에서 음울하게 남겨져 있는 건 싫단 말이에요. 게다가 벌벌 떨면서 꼼짝 않고 있는 것은 범인에게 속박당하는 것과 같은 것이니까요. 보고만 있다가 묶이는 것보다야 스스로 움직이는 편이 낫잖아요."

다시 말해 사세보의 넋을 달래기 위한 복수전 따위의 기분은 티끌만큼도 없는 셈이다. 조사하는 것은 어디까지나 자신을 위해서. 자유를 누리기 위해. 이 정도까지 잘라 말하면 오히려 시원할 정도다.

"그래서 말인데요, 히라도 형, 범인은 우리들을 노리고 있다고 생각하세요?"

"그건 아닐 거라고 생각하고 싶군. 우리들을 죽일 마음이었으면 가가 게이지처럼 하룻밤 새에 해치워버렸을 테고 그 편이 훨씬 편했을 거야. 왜건을 타고 도망치려고 한 것을 보더라도 우리들한테는 용건이 없었을 테지."

과연, 납득이 간다. 라운지에서 설득할 때 했던 말은 방편에 지나지 않았다.

"하지만 상황이 완전히 바뀌었잖아요. 그렇게 낙관할 수만은 없는 것 아닌가요?"

"뭐, 그렇긴 하지만. 궁지에 몰린 쥐가 고양이를 문다고 하니까. 그 점에 대해서는 각자 조심하라고밖에 할 도리가 없네. 우리가 범인을 밝혀낸다면 이야기는 달라지지만 어디까지 현실적일지."

"그 범인 말인데요. 누군지는 알 수 없지만 적어도 이사하야 형만큼은 아닌 것 같아요."

"응?"

시마바라가 내뱉은 의외의 말에 소리를 냈다.

"어째서?"

가만히 죽은 얼굴을 보고 있던 히라도도 고개를 들었다. 시마바라는 아무렇지 않은 듯한 얼굴로 설명했다.

"흉기인 단검의 각도예요. 심장을 왼쪽에서 한 방에. 명백히 오른손잡이가 찌른 거예요. 그렇게 따지면 이 중에서 유일하게 왼손잡이인 이사하야 형은 제외되는 거죠."

"과연, 똑똑한데! 가지 군, 다시 봤어."

히라도가 진심이 느껴지는 말투로 감탄했지만 금세 다시 정색을 하며 말했다.

"그래서 지금의 말투라면 너는 우리들 가운데 범인이 있다고 생각하는 거네."

"아닌가요?"

오히려 의외라는 듯 시마바라는 소리를 높였다.

"상식적으로 생각하면 그렇게 되지요. 사세보 형은 멤버 누군가에게 원한을 사고 있었다. 그리고 살해당했다. 간단하다고 생각하는데요. 게다가 아무도 확실한 알리바이는 없는 것 같고."

태연한 얼굴로 무서운 대사를 줄줄 읊고 있다. 지금은 치즈루와 말다툼할 때의 유치함 따위는 찾아볼 수 없다. 그렇다면 시마바라는 점심을 먹으면서 젓가락이나 포크를 쥔 손을 관찰하고 이 중에 누가 범인인가를 생각하고 있었다는 것인가.

"자, 그럼 오무라가 말하던 여자는 어떻게 되는 거지?"

히라도는 빤히 시마바라의 눈을 보며 애써 온화하게 반론했다.

"소리를 들은 것뿐이잖아요. 그것도 담력 테스트로 한창 흥분한 상태였고. 정말로 실재할지 어떨지는……."

오무라의 말 따위 안중에도 없다는 모양새다.

"그러면 히라도 형은 이 건물에 또 다른 한 명이 있다고 생각하시는 거예요? 불길한 여덟 번째의 존재가?"

"나도 상식적으로 생각해서 그런 결론에 이른 거야. 범인은 사세보 형의 왜건으로 도망가려고 했어. 결국에는 다리가 통행이 불가능한 상태라서 돌아올 수밖에 없었지만. 네 말처럼 우리들 가운데 범인이 있다고 하면, 가령 혼자만 파이어플라이관에서 도망쳤다는 것은 자신이 범인이라고 당당히 밝히는 것이나 다를 바 없잖아. 만약 내가 범인이라면 애당초 도망가지 않고 남아 있을 거야. 즉, 여기서 도망치려고 했다는 것은 범인이 외부자라는 것을 나타내고 있다고 생각해."

그 말을 들으니 히라도가 어째서 솔선해서 범인 찾기에 나섰는지를 알 것 같았다. 라운지에서 말했을 때 범인이 어딘가에 숨어 있다, 즉 자신들과는 따로 있다는 것을 암묵적으로 강조하고 있었다. 또 한 명의 범인을 찾는 것으로 관심을 밖으로 돌린다. 가장 위의 기수인 선배로서 분명히 멤버들끼리 서로 의심하는 상황만큼은 피하고 싶었을 것이다. 아까처럼 그대로 라운지에서 꼼짝 않고 가만히 있었다면 분명히 의심 많은 누군가가 쓸데없는 발언을 하여 풍파를 일으켰을 것이다. 지금의 시마바라처럼.

"정말. 그런 추리도 가능하겠네요. 하지만 대체 누가 있었다는 거죠? 범인은 계속 숨어서 사세보 선배를 죽일 기회를 엿보고 있었던 걸까요? 그렇다면 우리들이 아직 도착하지 않았을 때가 여건이 더 좋았을 텐데요. 게다가 사세보 선배는 종종 여기에 머물렀으니까 일부러 많은 사람들이 모여서 합숙하는 날을 노리지 않아도 되잖아요."

"범인이 사세보 형의 왜건으로 도망치려고 했다는 것은 자신의 차로 파이어플라이관에 오지 않았다, 즉 사세보 형이 데리고 왔다는 결론이지. 우리들에게는 비밀의 손님인 셈이야. 어디까지나 내 상상이지만 오늘 할 예정이었던 벌칙 게임과 관계가 있었을 거라고 생각해."

"유령 역할 말이에요?"

집게손가락으로 콧등을 긁으며 시마바라는 중얼거렸다.

"전혀 불가능한 이야기는 아니네요. 하지만 유령 역할이 왜 사세보 선배를? 메인이벤트는 오늘인데."

"글쎄."

히라도는 어깨를 움츠리며 말을 이었다.

"동기 같은 건 당사자가 아니고서는 모르는 거잖아. 그건 우리들 중에 범인이 있다고 해도 같은 거지."

"뭐, 그건 그렇지만. 하지만."

미적지근한 대답으로 시마바라가 재반론하려고 할 때 히라도가 평소 이상으로 큰 소리를 질렀다.

"얘들아! 이것 좀 봐, 봐!"

무언가 발견한 듯하다. 히라도의 손끝은 사체의 옷깃을 가리키고 있었다. 시체 냄새가 풍기는 유해를 되도록 똑바로 보고 싶지 않았지만 어쩔 수 없이 시마바라와 함께 얼굴을 가까이 들이밀고 보았다. 셔츠 깃에 엷게 입술 자국이 부착되어 있다. 검은 셔츠라서 주의 깊게 보지 않으면 모르지만 입술의 오른쪽 3분의 1 정도 흔적이 남아 있다.

"립스틱이에요?"

"그런 것 같군."

자신감이 엿보이는 목소리로 말하며 히라도가 고개를 끄덕였다.

"역시 여자가 있었던 건가."

시마바라는 대조적으로 눈썹을 찌푸리며 망설임 섞인 말투로 중얼거렸다.

"아, 잠깐만 기다려보세요. 이쪽에도."

시마바라는 손을 내밀어 가슴에 꽂혀 있는 단검을 약간 기울여 문양 부분에 빛을 비추었다. 샹들리에 조명에 피 묻은 붉은 지문이 드러난다. 어느 손가락인지는 잘 모르겠지만 형상으로 봐서는 엄지와 새끼손가락은 아닌 것 같다.

"지문이에요. 이렇게 뚜렷이 남아 있다니!"

중얼거리는 시마바라 옆에서 히라도는 좀 전의 휴대전화를 꺼내들었다. 폴더가 접힌 채 찰칵 하고 사진을 세 장 정도 찍었다.

"너희들도 찍어둬. 줌으로 말이야. 내 휴대전화가 고장 나도 상관없도록."

"그런데 어째서 지문 같은 걸 남기고 간 걸까요? 아무리 모자라는 범인이라도 입술 자국은 둘째치고 지문은 알아차리잖아요."

시마바라와 번갈아가며 휴대전화 화면을 들여다보면서 히라도에게 물었다.

"그러게. 당황했었는지도 모르지."

무뚝뚝하게 대답하는 것을 보니 히라도도 알 수 없는 모양이다.

"당황했다고 하면 뭔가 앞뒤가 안 맞잖아요. 범인에게는 얼마든지 여유가 있었던 것 같은데."

옆에 있던 시마바라가 가느다란 눈썹을 모으고 조용한 말투로 넌지시 비춘다.

"무슨 의미지?"

히라도가 턱수염을 쓰다듬으며 물었다.

"그게 왜냐하면 사세보 선배의 사체는 움직여졌으니까요. 셔츠에 묻은 끈적끈적한 피를 보니 의자 아래에 다량의 혈액이 흘러 있어야 정상인데 전혀 없잖아요. 아주 깨끗해요. 즉 어디선가 옮겨온 것이죠. 범인은 죽이고 나서 바로 도망친 게 아니에요."

"흐음, 가지 군도 눈치챘구나. 좋아, 훌륭해!"

"이런 상황에서 가지 군이라고 부르는 건 좀 그만하시죠? 시체랑 같이 엮이는 기분이 들거든요."

시마바라의 입가가 가지 꼭지처럼 일그러졌다. 아이처럼 유치한 그런 행동은 어제까지 보아왔던 시마바라의 원래 모습이다.

"신경 쓰지 마. 이상하게 신경 쓰는 편이 더 불안해지잖아. 평상시대로 하는 게 좋아."

히라도가 그의 태도를 고칠 생각이 없다는 것을 알고는 시마바라도 금세 "뭐 그럴지도 모르지만" 하며 얌전히 물러났다. 평상시라니, 지금은 엄연히 시체가 눈앞에 존재하는데……

"그래, 너도 눈치챘어?"

히라도가 갑자기 고개를 들며 관심을 유도한다.

"아뇨, 전혀."

솔직히 고개를 젓자 "뭐, 괜찮아"라며 웃었다. 처음부터 기대하지 않았다는 투다.

"탐정만 있으면 안 되지. 왓슨 역할을 할 사람도 하나쯤은 필요하니까."

이 정도까지 밟아대면 지렁이도 꿈틀한다. 하긴 나 혼자서는 도무지 짐작도 가지 않아서 히라도나 시마바라의 추리를 들으려는 뻔뻔한 생각도 품었지만……

"자, 그럼, 제가 왓슨 역할이라 치고 묻겠습니다. 사세

210

보 선배는 살해당한 다음 여기로 옮겨졌다는 것이 두 분의 공통된 생각인 것 같은데, 범인은 어째서 그런 행동을 한 거죠?"

"가장 생각하기 쉬운 것은……."

대답을 한 것은 시마바라가 먼저였다. 반대로 히라도는 복잡한 얼굴로 입을 다물고 있다.

"범인이 자신의 방에서 사세보 선배를 죽였을 경우이죠. 숨겨둘 수 없으니 어딘가로 옮겨야 했을 테니까요."

그렇구나. 그래서 히라도는 벌레 씹은 얼굴을 하고 있었던 것인가. 그것은 결국 범인이 멤버 중에 있다는 것을 가리킨다. 히라도가 주장하는 외부자설과 상반되기 때문이다.

"하지만 말이야. 다른 장소일지도 모르잖아. 단언할 수는 없다고."

"그럴지도 모르죠. 그렇지만 확인할 필요는 있겠죠? 실은 바로 조사해봐야 한다고 생각했거든요."

"그래, 그건 인정한다. 한 번은 해야만 하는 일이지."

히라도는 순순히 수긍했다.

"다만 안정을 되찾기 전에 말해봤자 혼란만 가중시킬 거라고 생각해서 말이야. 이 상황에서 누군가를 의심하기 시작해서 자꾸 서로를 의심하게 되는 것도 안 좋잖아?"

"모두들 조금씩은 의심하고 있어요. 바보가 아닌 이상. 단지 입 밖에 내지 않고 있을 뿐이지."

시마바라가 추궁했다.

"그건 나도 충분히 인지하고 있어. ⋯⋯음, 이런 불안감을 불식시키기 위해서라도 해야 하는 건가."

히라도는 결심이 섰는지 등을 쭉 펴고 손으로 자신의 뺨을 찰싹 쳤다.

그러고 나서 유해를 다시 신중하게 조사하기 시작한다. 조사한다고는 해도 어차피 아마추어들이 하는 일이니 사망 시각의 확정이나 지문 검출 같은 과학적인 기술과 견식은 아무것도 없을뿐더러 해부는커녕 유해를 벌거벗기는 것조차 불가능하다. 아니, 벌거벗기기는커녕 변변히 몸에 손조차 댈 수 없었다. 아무리 히라도와 시마바라라 해도 그만큼의 배짱은 없는 듯하다.

그렇게 시작과 동시에 난관에 봉착한 가운데 새롭게 알아낸 것은 옷이 전체적으로 눅눅하다는 것이었다. 젖어 있다는 것은 아니다. 세탁물을 밤새 옥외에서 말린 것 같은, 그런 축축한 냄새가 셔츠와 슬랙스*에서 나고 있는 것이

● 평상복 바지.

다. 특히 슬랙스의 둔부가 가장 눅눅했다.

보통의 경우라면 밤새 옥외의 벽이나 무언가에 기대어 놓았을 거라고 생각하는 게 자연스럽지만, 밖은 비가 오기 때문에 그럴 가능성은 없고, 그렇다고 해서 건물 안은 환기설비가 두루두루 잘 되어 있으므로 습기가 차거나 하지 않는다.

이런 사실에 히라도는 활기를 되찾은 듯이 말했다.

"결국 객실일 가능성이 희박하다는 거군. 오히려 냉방이 끊겨 있는 차고나 창고 주변인가."

"차고에 쓰러져 있었다면 더 심하게 더러워졌어야죠. 창고라면 가능성은 있지만, 그렇다면 객실에 있는 옷장 쪽도 가능성이 생기잖아요. 실내보다 습기가 많다고요."

지지 않겠다는 듯이 시마바라가 반론한다.

"뭐, 그렇군. 어느 쪽이든 간에 경직되기 시작했기 때문에 일부러 의자에 앉혔을지도 모르겠네. 그리고 사체라는 건 사후 몇 시간 정도부터 딱딱해지는 거지?"

"글쎄요" 하며 시마바라는 깔끔히 고개를 저었다.

"저는 교육학과라서."

"그건 그렇군. 나도 전혀 짐작이 안 가. 아킬리즈는 같은 사자(死者)라도 육체가 아닌 영혼 전문이니까 말이야."

손쓸 방법이 없다는 듯이 히라도도 한숨을 쉰다. 왠지 이 두 즉석 탐정들은 서로 추리를 경쟁한다기보다는 단순히 자신의 설에 갖다 붙이기 좋은 해석을 하고 있을 뿐인 것도 같다. 결국 불확실한 기술과 정보 속에서는 이끌어낼 수 있는 가능성이 무수히 많다고 하는 것일 테지. 우리들은 아직 사세보와 파이어플라이관의 모든 것을 알고 있는 것이 아니다.

만담을 마무리 지을 즈음에 서재 수색도 일단락되었다.

"마지막으로" 하며 히라도는 사세보의 입과 눈에 티슈를 틀어막기 시작한다. 사람이 죽으면 체내에 기생하고 있던 수많은 벌레들이 체온 저하와 함께 귀나 입, 코 등을 통해서 넘쳐 나온다고 한다. 그 때문에 병원에서는 유해의 입과 귀 등 모든 구멍을 솜으로 막아둔다. 벌레들이 새어 나오지 않도록. 오컬트 이야기에서 자주 듣는 것이지만 얼마나 많은 양의 벌레들이 기어 나오는지 실제로 본 적은 없다. 그리고 만에 하나라도 보고 싶지는 않다. 히라도도 같은 생각이었을 것이다.

"그럼 갈까?"

가볍게 합장을 한 다음 안쪽 침실로 향했다. 사세보의 침실에 들어가는 것은 처음이다. 객실과 비교하면 훨씬 좁지만 인테리어는 비슷해 보였다. 검은 내장과 앤티크풍의 세간들. 다만 객실은 기둥과 장식, 가구 등이 프리핸드의 수제품 같은 둥그스름한 맛이 있었던 데 비해서 이 침실은 자로 괘선을 그린 것처럼 딱딱하다. 서재와 마찬가지로 생활감이 거의 느껴지지 않았다. 작은 테이블에 놓여 있는 노트북과 자명종이 그나마 일상을 느끼게 해주는 정도이다. 어쩌면 서류 같은 것은 이미 처리했을지도 모르지만.

"있잖아요, 연락 수단이."

시마바라는 재빨리 노트북으로 달려가 바로 전원을 켰다. 고성능인지 자신의 컴퓨터로는 길게 느껴지던 기동 시간이 이상하리만치 짧았다. 눈 깜짝할 사이에 바탕화면이 떴다.

시마바라는 마우스를 딸깍딸깍 클릭했다.

"안 돼요. 인터넷에 연결이 안 돼요. 그보다도 컴퓨터가 아예 초기화되어서 모든 데이터가 날아가 버렸어요."

"빈틈없군. 나는 컴퓨터에 대해서는 잘 모르지만 잘만 하면 사라진 데이터를 찾을 수 있지 않나? 3학년 나가요 (長与)가 폐업한 병원 컴퓨터에서 환자의 병력을 빼내서 용돈을 좀 벌었다던데."

"유감스럽게도 저는 교육학과니까요."

체념한 듯한 얼굴로 시마바라는 되풀이했다.

"뭐야, 교육학과라는 데는 정말로 도움이 안 되는 곳이군. ……그러고 보니 너도 컴퓨터 좀 잘하지 않았나?"

오랜만에 기대한다는 듯이 이쪽을 본다. 왓슨이 나설 차례이다. 기대에 부응하고 싶은 순간이지만 아무리 생각해도 고개를 저을 수밖에 없다.

"전용 소프트가 없으면 무리예요. 대충 둘러보니까 그런 것은 없는 것 같고."

"그래. 뭐, 큰 기대는 하지 않았지만……. 그래도 이것으로 살인 동기가 컴퓨터 속에 들어 있었다는 것은 알게 되었네. 뒤집어 말하자면 컴퓨터 속에 존재할 법한 동기였다고."

"공갈 협박이요?"

컴퓨터 전원을 끄면서 시마바라가 물었다. 하지만 히라도는 바로 부정한다.

"누군가가 돈 때문에 사세보 형을 공갈 협박하는 거라면 몰라도 사세보 형이 돈에 궁하지는 않았으니까."

"취미일지도 모르죠. 겉모습은 멀쩡한 주부가 스릴을 느낄 목적으로 가게에서 물건을 훔치기도 하는 세상이니까요. 게다가 협박의 목적이 돈이라고만은 할 수 없죠."

"아무렴 그런 것은 아닐 거라고 믿고 싶은데……. 아직 공갈 협박이라 결정된 것도 아니고."

수염을 만지작거리면서 말을 우물거린다. 사세보와 그동안 만나온 친분의 차이가 미묘한 온도차를 낳고 있다. 어떤 의미에서 히라도에게는 심각한 족쇄일 것이다.

히라도는 화제를 바꾸려고 침대로 이동했다. 널찍한 세미더블 침대는 이불이 반 정도 젖혀 있고 시트도 어지럽혀 있다.

"잠을 자기는 한 건가?"

"옷도 안 갈아입고요? 누워만 있었을지도 모르죠."

그때 달콤새콤한 향기가 코끝을 찔렀다. 향수 냄새가 남은 것 같다.

"역시 여자가 있었던 모양이군. 맞아. 컴퓨터에는 여자의 주소라던가 뭐 그런 것들이 메모 대신에 들어 있어서 그것을 지웠는지도 모르겠어. 하지만 의외인데."

말뿐만이 아니라 진심으로 의외라는 듯 히라도가 중얼거렸다.

"어째서죠?"

아무것도 모르는 시마바라가 물었다.

"아니, 학생시절부터 사세보 형에게는 여자에 관한 소

문이 전혀 없었거든. 헌팅이나 미팅 같은 것에는 전혀 흥미도 안 보이고. 혹시 게이가 아닐까 하는 소문이 있었을 정도였지. 그래도 우리 몰래 만나긴 했었네. 어쨌든 다소 안심이 되는걸. 사세보 형하고는 오컬트 스폿 순례하던 사이사이에 온천 같은 데도 갔었으니까."

"그건 형의 기우예요. 자신감이 과하시네요."

시마바라가 쓴웃음을 지으며 말을 이었다.

"사세보 선배가 어느 쪽이든 간에 상대가 히라도 형이라면 걱정하지 않았어도 돼요. 그건 그렇고, 그런데 어젯밤 여자가 있었는지 어떤지는 아직 확신할 수 없어요. 우리들이 오기 전날까지 있었을지도 모르고."

"그저께 향기치고는 너무 많이 남아 있는 것 같은데 말이야. 환기시설에 이상도 없고."

"그렇게 말씀하시면 어젯밤 향기치고도 너무 많이 남은 것 같은걸요. 사세보 선배의 옷에서는 향기가 전혀 안 나는 데다, 마치 침대에 직접 뿌린 것 같은. ……향수 냄새가 보통 몇 시간 정도 남아 있는 거죠?"

시마바라의 지적에 히라도도 고개를 갸우뚱한다. 치즈루라면 알지도 모르지만.

"적어도 살해 현장이 여기가 아닌 것만큼은 확실한 것

같군요."

시트는 어지럽혀져 있긴 했지만 순백 그대로이고 혈흔 따위는 보이지 않았다. 베개를 집어 들자 그 아래에 은 목걸이가 감춰져 있었다. 가는 체인에 은 플레이트가 대롱대롱 달려 있다. 플레이트에는 반디 그림 같은 것의 기하학적 디자인. 뒤집으니 꽃무늬로 꾸민 멋진 서체로 대문자 MC가 새겨져 있었다.

"MC……. 범인의 이니셜인가?"

히라도는 목걸이를 손에 든 채 고개를 갸웃거렸다. 'MC'라고 하면…….

"마츠우라?"

무의식중에 마츠우라의 이름이 입 밖에 튀어나왔고 말이 끝나기 무섭게 곧 후회했다. 예상대로 두 사람의 수상한 시선이 이쪽으로 향했다.

"무슨 얼토당토않은 말씀을 하시는 거예요? 이것은 '마틸다 크롬웰'의 로고라고요."

어이없다는 듯이 시마바라가 설명한다.

"그런 브랜드가 있었구나. 역시 잘 아는군, 가지 군."

알로하셔츠에 눈길을 주면서 히라도가 감탄하며 칭찬하자 시마바라는 우쭐거리듯 입꼬리가 올라갔다.

"런던 교외 지역인 플럼에 있는 브랜드예요. 반디를 곁들인 디자인으로 유명한 곳이죠."

"반디……. 그럼 가가 게이지나 사세보 형의 것인가? 아무리 봐도 남성용 같은데?"

관계없다는 것이 명확해지면 그 순간 무관심해진다. 아무렇게나 침대 위로 휙 던진다. 목걸이는 툭하고 베개 위에 떨어졌고 히라도의 시선은 이미 다른 곳으로 옮겨갔다.

"저기는?" 하고 안쪽 문을 쳐다보고 있다.

입구 반대쪽에 또 하나, 벽보다 한층 더 진한 검은 색으로 칠해진 문이 있다. 옷장 문처럼 가벼운 것이 아니라 딱 보기에도 튼튼해 보이는 맞춤식이라 안쪽에 방이 또 하나 더 있는 느낌이다.

가까이 가서 손잡이를 돌려보았지만 잠겨 있어서 열리지 않는다.

"아까부터 열쇠를 찾고는 있는데 말이죠. 서재에도 침실에도 없었어요."

빈틈없이 살펴보고 있었던 것 같다. 시마바라가 바로 보고했다.

"어쩌면 이 안에 범인이 숨어 있을지도 몰라."

그런 의심을 입 밖에 냈다.

"설마요. 그렇다면 자승자박이죠. 스스로 자신을 가두어버린 셈이라고요."

곧바로 시마바라가 냉철하게 반박해왔다. 후배인데도 가차 없이 내뱉는 그 태도가 얄밉다.

"……이 위치라면 반디의 방일지도 모르겠군."

대략의 방 배치를 머릿속에 그리고 있을 것이다. 천장을 뚫어지게 쳐다보면서 히라도가 말했다.

"반디의 방은 가가 게이지의 자랑이자 그의 애착이 담긴 방이었으니까 지름길이 하나쯤 있어도 이상하지 않고 말이지."

"반디의 방 말씀이시죠? 분명히 공사 중이었던 것 같은데……. 파이어플라이관에서 가장 중요한 파트가 이대로 미완인 채로 방치되어버리고 마는군요. 아깝다. 적어도 한 번은 보고 싶네요."

시마바라가 농담인지 진담인지 가늠할 수 없는 말투로 말했다.

"꽤 넓은 방인 것 같으니 정말로 그 안에 범인이 숨어 있을지도 몰라. 하지만 그건 나중으로 미뤄도 되겠지. 우선 몇 가지를 확인해야 해."

반으로 접힌 휴대전화를 꼭 쥐고 히라도는 말했다.

"확인해야 해"라는 히라도의 말의 의미. 그것은 라운지에 돌아와서 확연해졌다. 히라도는 전원의 지문을 채취하자고 제안한 것이다. 제안이라기보다 통보에 가깝다. 라운지에서 심심풀이용으로 시답잖은 포커를 하고 있던 멤버들의 얼굴은 당연히 반기는 기색이 아니었다. 하지만 단검의 지문 이야기를 듣자 마지못해 따랐다. 자신이 의심받지 않기 위해서라면 거부를 한다는 것은 도저히 상상할 수도 없다.

　서재에서 갖고 온 인주로 각자 모든 손가락의 손도장을 찍었다. 물론 모두의 눈앞에서 정정당당하게. 잔꾀 부릴 여지는 없다.

　그러고 나서 좀 전에 휴대전화로 찍었던 지문과 대조한다. 휴대전화 세 개의 사진을 모두 몇 번이고 비교한 결과 누구의 어느 손가락과도 형상이 달랐다. 명백히 다른 사람의 것이다.

　"이것으로 또 한 명 있는 것이 확실해졌군."

　안심한 듯한 표정으로 히라도가 말했다. 대조하는 동안 줄곧 굳어 있던 얼굴이 겨우 부드럽게 돌아왔다. 안도한 것은 특별히 히라도만이 아니라 모두가 그러했다. 이것으로 멤버를 서로 의심하지 않아도 된다고 생각하는 것이다.

장마 중에 잠시 해가 비친 것 같은 분위기도 잠시, 시마바라가 여전히 묘한 표정을 한 채 말을 꺼냈다.

"한 명 잊고 있어요. 중요한 사람을."

깜짝 놀라 시마바라를 째려보는 히라도. "설마" 하며 숨을 죽이고 있다.

"……그건 사세보 형을 말하는 건가?"

"예리하십니다."

"하지만."

"일단 확인하는 편이 좋을 거라고 생각해요. 아마도 아니겠지만, 이왕 하는 거 철저한 편이 좋잖아요. 그 편이 훨씬 깔끔하지요."

"누가 사세보 선배의 지문을 채취할 건데? 시마바라가 해줄 거야?"

잠시 동안의 평화가 엉망이 되어버리자 치즈루가 안경 너머로 차갑게 쏘아붙인다. 바로 그 순간 시마바라는 말문이 막혀 머뭇거렸다. 조금 전의 서재에서도 시체를 관찰하는 눈은 냉정했지만 막상 만지게 되었을 때는 손이 조금씩 떨리고 있었다. 누구든 시체를 만지고 싶을 리는 없다. 하물며 열 손가락의 지문을 채취하다니.

"내가 할 수밖에 없군."

마음을 정한 듯 히라도가 일어섰다. 최고 학년이 책임을 진다. 그런 아우라가 등 뒤에서 매섭게 뿜어져 나오고 있다.

"가지 군, 너도 도와줘. 선시어외*다."

그 말에 시마바라가 거스를 수는 없다. 시마바라의 가설에 의하면 범인일 가능성도 있는 히라도가 지문 채취를 속이지 못하게 하기 위해서도 증인은 필요한 것이다. 히라도와 시마바라는 손과 인주를 손에 쥔 채로 무거운 발걸음으로 다시 2층으로 올라갔다. 그러고는 15분 후에 돌아왔다. 둘 다 밤샌 다음 날 아침처럼 피곤한 얼굴이었다.

"이게 사세보 형의 지문이야. 시마바라도 보고 있었으니까 틀림없어."

종이에는 열 개의 지문이 붉게 찍혀 있다. 완벽을 기하기 위해 엄지손가락의 지문도 채취해온 듯하다.

"그럼 모두 확인해줘."

말투로 보아 이미 둘이서 확인한 듯하다. 하지만 둘의

• 先始於隗, 말을 꺼낸 사람부터 시작하라는 뜻.

고생에 보답해야 한다. 나머지 네 명이서 눈짓하고 휴대전화 화면과 비교한다. 결과는 어느 쪽과도 일치하지 않았다. 히라도와 시마바라가 미리 짜두지 않은 이상 사세보의 지문이 아니다.

"이것으로 여자의 존재가 정식으로 확인된 셈이군."

"여자!"

'여자'라는 말에 민감해져 있는 오무라가 그 자리에서 반응한다.

"아, 그렇지" 하며 히라도는 립스틱 자국과 침실에 남아 있던 향기를 설명했다.

"역시 어제 목소리는 진짜였어. 다행이다, 유령이 아니었어."

덩실거릴 기세로 오무라가 기뻐한다. 쌓이고 쌓였던 스트레스가 단번에 날아가 버리기라도 한 것처럼. 그대로 놔두면 저장고에서 와인을 가져다 건배라도 할 기세다.

"즐기고 있는 중에 미안한데, 오무라. 그 말은 즉, 살인범이 네 바로 뒤에 있었다는 말이잖아?"

그 한마디로 순식간에 입을 꾹 다물어버렸다. 도로아미타불. 굳이 일부러 알려주지 않아도 될 것을. 이런 상황에서도 히라도의 사악한 마음은 건재하다고 할까.

"그리고 또 한 가지 제안이 있다. 어디까지나 최후의 확인이야. 그렇다고 해서 누군가를 의심하고 있다는 의미는 아니니까 그것만은 이해해줘."

사체를 옮긴 흔적이 있으며 어쩌면 살해당한 장소는 따로 있을지도 모른다는 것과 그 때문에 각자의 방을 확인해보고 싶다는 것을 오해의 여지가 생기지 않도록 히라도는 보기 드물게 정중하게 설명했다. 멤버 최고 연장자. 이제는 이름뿐인 회장이 아니라 이곳의 실직적인 리더이다. 조금이라도 각각의 암귀*를 증폭시키지 않으려 애쓰고 있는 것이 보인다.

"네? 잠깐만요."

당황한 것은 치즈루이다. 무리도 아닌 것이 여자 방을 갑자기 보여달라고 다그치면 곤란하겠지.

"어지럽혀놓아서 지금 당장은 좀. 잠깐만 시간을 주세요. 단 5분이면 되니까."

수상한데, 하며 영락없이 이 타이밍에 시마바라가 또 한 소리 하리라고 생각했으나 뜻밖에도 눈을 감고 곰곰이 생각에 빠진 채다. 치즈루의 말 따위 귀에도 들어오지 않

* 暗鬼. 망상에서 오는 공포.

는 모습이다. 지론인 내부범행설과 누구 것인지 모르는 지문과의 인과관계가 맞지 않아 이런 데 신경 쓸 때가 아닌 듯 보인다.

"남겨져 있던 지문의 결과로 따지자면 범인은 따로 존재할 확률이 크잖아요? 그러니까 어디까지나 확인이죠. 게다가 5분 정도로 인멸할 수 있는 증거라면 벌써 처분했겠지요."

치즈루가 필사적인 목소리로 모두에게 호소했다.

이 상황에서는 개미굴 같은 작고 미비한 의심이 결국에는 댐을 무너뜨릴 만한 암귀를 낳을 수 있다. 치즈루도 그것을 충분히 인식하고 있기에 또한 두려워하고 있다. 그래서 이치에 맞는 설명을 신중하게 시도하는 것이겠지만 그런 필사적인 태도가 오히려 흉하게 비춰진다. 무엇을 말하고 싶은지는 충분히 알겠는데, 라운지에 묘한 분위기가 생겨나고 있었다.

"그저 어지럽힌 것을 정돈하고 싶을 뿐이에요. 뭔가 숨기려면 아침에 일어나서 라운지에 내려올 때까지 충분한 시간이 있었다고요. 이제 와서 허둥지둥 숨길 물건 따위 있을 리가 없잖아요. 반대로 카페트에 혈흔이라도 있다면 5분으로는 지울 수도 없고요."

227

치즈루는 본인만 알아차리지 못하는 듯 필사적으로 같은 내용을 반복하고 있다. 그 모습을 보다 못한 히라도가 "……그렇긴 하지" 하며 손으로 치즈루를 말렸다.

"좋아, 10분만 유예를 주지. 그 사이에 모두 더러운 속옷 같은 것은 치워둬. 그런 건 나도 보고 싶지 않으니까."

결국이라고 할까, 당연하다고 할까. 어떤 방에서도 혈흔은 발견되지 않았다.

7. 반디의 방 7월 16일 오후 2시 50분

끊임없이 쏟아지는 빗소리가 뇌리에 스며들고 비의 멜로디는 어느새 나도 모르게 몸에 배어든다.

기억 속 츠구미의 미소가 유리창에 희미하게 떠오른다. 그녀는 입가를 살며시 누그러뜨리며 웃고 있다. 스트레이트한 말투와는 반대로 츠구미는 결코 큰 소리로 웃지 않았다. 어린 시절 치열이 고르지 않아 그것이 부끄러웠기 때문이라고 한다. 물론 츠구미를 알게 되었을 때는 이미 교정을 한 후라 다른 어떤 부분에도 뒤지지 않을 아름다운 새하얀 이가 가지런히 있었다.

그것은 이런 비가 오는 날이었다. 폐가에서 나와 자동

차로 서둘러 가는 도중에 4학년이던 고사자가 길가에 놓여 있던 꽃을 발로 차버렸다. 그러고는 그대로 주차장으로 향하던 고사자를 츠구미가 불러 세워놓고 마구 대들었던 것이다. 이 꽃은 소중한 것이니까 똑바로 해놔야 한다고. 고사자는 뜻밖이라는 듯이 "아킬리즈 멤버가 헌화 정도에 뭘"이라며 반론했지만, "방치된 폐가와 달리 그 꽃에는 바친 사람의 깊은 뜻이 담겨져 있어요"라며 결코 물러서지 않았고 빗속에서 정색하며 노려보았다.

가입한 첫 달의 일이다.

그때의 눈빛을 아직도 잊을 수 없다. 츠구미는 츠구미여야만 한다. 츠구미 이외의 다른 어떤 사람도 아니다. 그런 강한 의지가 아름다운 대춧빛 눈동자에 깃들어 있었다. 비를 맞고 있던 그 모습은 이 세상의 그 어떤 것보다도 아름다웠다.

6월의 어느 비 오던 날.

어떤 이유에서인지는 잊어버렸지만 좋아하는 동물을 물어 봐서 "오파비니아"라고 대답했더니 "뭐야 그거?"라는 반응이 돌아왔다.

캄브리아기 해중생물로 입이 청소기 모양처럼 툭 튀어나왔고 몸 양쪽에 쭉 붙어 있는 지느러미들로 구불구불 헤

엄치고 있었다는 등의 설명을 하자 히라도가 가볍게 야유했다.

"이제 없는 거잖아? 정말 너는 한결같이 하찮은 것을 좋아하는구나."

'하찮은'보다도 '한결같이'라는 말이 가슴을 찔러 우울해졌다. 헤헤 하고 평소처럼 웃어넘기려고 했을 때 츠구미가 말했다.

"눈이 다섯 개 있는 녀석 말하는 거지? 나도 좋아해. 똑같네."

기뻤다. 츠구미는 나에게 가치를 가르쳐주었다. 그것으로 충분했다.

나는 츠구미에 대한 것이라면 뭐든지 알고 있었다. 작은 알의 매실 장아찌를 좋아하고, 단무지는 단것을 싫어한다는 것. 잘 때는 모든 조명을 끄고 깜깜하게 자야 하는 것. 욕조에는 반드시 물을 가득 채워야 하고 샤워만으로 때우는 것은 싫어한다는 것. 자동차 교습소에서 임시 면허 시험을 세 번 떨어진 것. 카페에서 아르바이트 중에 화장실에서 명치를 강하게 부딪혀 한 달 동안 시퍼런 멍이 지워지지 않았던 것. 다이어트 때문에 데이트할 때만 케이크를 먹는 것.

츠구미에 관한 것이라면 무엇이든지 알고 있었다. 그렇다고 생각했었다. 하지만 그날 1월 12일, 츠구미는 허망하게도 조지의 제물이 되고 말았다. 그런데다 그녀의 시신의 행방조차 알지 못했고 구할 수가 없었다.

만약에 나의 전생이 전사였다면, 아니 내가 전사라면 내가 할 수 있는 일, 내가 본래의 나를 획득하여 그로 인해 구원받는 것, 그것은 사랑하는 사람을 위해서 악마와 싸우는 것, 오직 그것만이 있을 터였다. 너무나도 당연한 일이었다.

나 스스로를 변화시키는 것만이 생전에 지켜주지 못한 츠구미를 향한 속죄였다.

그때 벨소리가 실내에 울렸다. 문을 열자 히라도와 알로하셔츠를 입은 시마바라가 서 있었다.

방을 모두 조사한 다음 누가 먼저랄 것도 없이 각자 자신의 방으로 돌아갔다. 라운지에서 한데 뭉쳐 있는 편이 안전하지만 서로 감시하고 있는 듯해서 숨이 막히기 때문일 것이다. 히라도가 가장 염려했던 것이지만 설령 외부자의 범행일 확률이 농후할지라도 어쩔 수 없는 일이었다. 조금이라도 의심이 남아 있다면. 게다가 체육관처럼 휑하니 넓기만 한 라운지는 방에 혼자 있을 때보다도 오히려 더 적막감과 공포심을 부추긴다. 다들 신체의 안전보다 정신의 안전을 선택한 결과였다.

"지금부터 반디의 방에 가려는데 너도 올 거지?"

턱수염을 만지작거리며 히라도가 말했다.

가는 게 당연하다는 말투다. '너도 관심 있잖아'라고 하는 듯한 눈빛이다. 하긴, 서재에 있을 때는 행동을 같이했었으니까 그렇게 생각해도 어쩔 수 없다.

"우리 셋이서만요?"

검은 복도는 쥐죽은 듯 조용해서 다른 기척이 나지 않고 다만 빗소리만이 울리고 있을 뿐이다.

"수가 적은 편이 움직이기 쉽잖아. 게다가 왓슨 역이 없으면 안 되지. 의견이 상반된 탐정 둘만으로는 일이 제대로 진행될 리가 없으니."

"저는 중립세력인 셈이군요."

이의를 제기하지는 않았다. 불만은 없다. 대체할 수 있는 한 명의 기록자로 취급당하더라도 지금은 상관없다. 이것도 변혁을 위한 한 걸음이다.

"히라도 형은 반디의 방에 들어가 본 적 있어요?"

히라도는 "아니"라며 고개를 저었다.

"작년에는 리모델링 공사 중이라고 보여주지 않았어.

하지만 넓이가 상당할 거 같아. 1층과 2층의 방 구조를 생각해보면 알겠지만 라운지 위에 유리 천장이 있다는 것은 주방에서 그 안쪽으로는 공간이 몽땅 남는다는 거잖아? 밖에서 봤을 때는 2층도 1층과 비슷한 면적일 것 같은데."

"나머지가 저 문 안쪽에 숨겨져 있다는 말씀이에요?"

"아마도 그럴 거야. 가가 게이지가 자랑하던 전시장이었다고 하니까 말이야. 그 정도의 넓이라면 범인이 몰래 숨어 있다고 해도 이상할 것 없지. 열쇠만 있으면 침실을 통해서 복도로 나오지 않고도 서재까지 갈 수 있을 테고."

"게다가 어쩌면 반디의 방에는 1층으로 내려가는 비밀 계단이 있을지도 모르니까요."

등 뒤편에서 시마바라가 덧붙였다. 무언가 마음속에 품고 있는 듯한 조용한 말투이다.

"비밀 계단?"

의외의 단어에 얼떨결에 복창한다.

"또 어째서?"

"아니, 이건 내가 아니라 가지 군 생각인데……."

히라도가 양보하듯 시마바라를 보았다.

"결국 말입니다."

시마바라가 한 발 앞으로 나왔다.

"어젯밤 담력 테스트의 꼴찌 결정전에서 마츠우라와의 대전 때, 오무라 형이 비명을 질렀던 때입니다. 그때 사세보 선배는 술자리를 준비한다며 안쪽 주방으로 물러나 있었죠. 라운지에 돌아온 것은 바로 그 오무라 형이 내려오고 난 뒤였어요. 이상하지 않나요? 사세보 선배 성격이라면 가령 비명은 못 들었다고 해도 최고 약자 결정전의 도전자들이 얼굴이 창백해지면서 돌아오는 것을 그냥 넘겼을 리가 없다고 생각해요."

"그렇지! 어떤 의미에서는 가장 볼 만한 장면일 텐데."

"그래서 생각했어요. 사세보 선배는 더 좋은 장소에서 구경하고 있었던 것은 아닐까 하고요. 결국 오무라 형을 놀라게 한 것은 몰래 2층으로 올라간 사세보 선배가 아닐까요?"

"하지만 주방에서 2층으로 올라가기 위해서는 우리들이 있던 라운지를 통과해야 하는데."

그렇게 묻자 시마바라는 더욱 강한 말투로 물었다.

"그러니까 말입니다. 어쩌면 주방이나 아니면 그 안쪽의 목욕탕이나 화장실의 어떤 장소에서 바로 위 반디의 방으로 통하는 비밀 통로가 있는 게 아닐까요?"

"오무라 형을 놀라게 한 '여자'라는 것은 실은 존재하지 않았고 정체는 사세보 선배였다는 거야. 확실히 반디의 방에 계단이 있다면 그것도 가능하긴 하지만 말이야."

지문 사건 이후에도 시마바라는 내부자설을 굳게 믿고 있는 듯하다. 훌륭하다 해야 할까, 고집쟁이라 해야 할까.

"그런데 아무리 목소리를 바꿨다고 해도 사세보 형의 목소리를 잘못 들을 거라고는 생각하지 않는데. 현시점에서는 가설을 위한 가설, 탁상공론에 지나지 않아."

이쯤에서 외부자설의 히라도가 불만스럽다는 듯 이의를 주장했다. 도발적이기는 하지만 후배를 상대로 위압적이지는 않다. 그런 점은 호감이 간다.

"패닉 상황에서의 인간의 판단력 같은 것을 저는 절대 믿지 않아요. 오무라 형 같은 타입의 경우에는 더욱더."

너무 노골적이다.

"뭐 그럴지도 모르지. 오무라이기도 하고."

수염을 쓰다듬으며 히라도도 자연스레 동조한다.

"게다가 미리 녹음해둔 목소리일 가능성도 있고요."

"그렇군. 어쨌든 반디의 방에 가보면 흑백이 가려지겠지요. 그럼 쇠뿔도 단김에 빼라고……. 그런데 열쇠를 아직 못 찾았잖아요?"

"응, 아직. 분명히 범인이 들고 나갔겠지. 우리들의 눈을 피해서 왔다 갔다 하려면 열쇠는 필수품일 테니까 말이야. 하지만 세상일은 어떻게든 되는 법이라고."

히라도는 히죽히죽 웃더니 귀이개처럼 가는 금속제의 봉을 보였다.

"맞아, 히라도 형한테는 이게 있었죠."

"뭐예요?"

가볍게 굽은 봉 끝을 수상히 쳐다보면서 반대로 시마바라가 묻는다.

"그래, 아직 가지 군 앞에서는 보여준 적 없었지. 자, 기대하시고 고대하시라."

히라도는 우쭐대며 집게손가락 위로 봉을 한 바퀴 휙 회전시켰다.

동쪽 복도를 왼쪽으로 꺾은 막다른 곳. 서재 옆에 유달리 두터운 여닫이문이 버티고 있다. 문 위의 금색 플레이트에는 'FIREFLY'가 아름답게 새겨져 있다. 현관에 있는 것과 똑같다. 이것만으로도 파이어플라이관의 메인룸이

237

이 방이라는 것을 알 수 있다.

문 앞은 모퉁이를 돌아서 바로이며 객실이 연이어 있는 복도에서는 사각(死角)이라 보이지 않는다. 그래도 일단 확인하려는 듯이 주위를 획 둘러본 다음 히라도는 쭈그려 앉아 재빨리 조금 전의 봉을 열쇠 구멍에 꽂아 넣었다.

"피킹 도구였어요? 그런데 그걸 왜 히라도 형이? 설마 용돈 벌이에……?"

조금 전 시체를 눈앞에 두었을 때 이상으로 시마바라는 굳은 표정을 하고 경멸과 의심의 눈초리를 히라도에게 보냈다.

"바보 같은 소리 하지 마. 폐허 탐색의 필수 아이템이란 말이야. 꿈쩍도 않는 문도 이거 하나면 오케이야."

"그러다가 저주받아요."

납득과 동시에 질렸다는 말투였다.

"그러니까 저주 내리는 유령 따위 없다고 말했잖아. 나도 사당에는 손을 안 댄단 말이야. 그쪽은 신이니까 진짜로 저주를 내리거든. 그리고 유령이 있는 문을 풀어서 열면 그것이야말로 구원 행위라고. 게다가 어차피 내 솜씨로는 간단한 실내 자물쇠가 한계야. 그러니까 빈집털이도 당연히 무리라고."

본래는 저주보다도 빈집털이를 먼저 부정할 법하지만 무슨 덤처럼 이야기하는 것이 정말로 히라도답다.

그렇게 말하는 사이에 찰칵 하고 걸리는 소리가 났다. "좋았어" 하며 L자형 손잡이를 돌린다.

"의외로 무거운걸."

히라도가 중얼거리는 사이, 열리는 문틈 사이로 차가운 공기와 함께 옅은 빛이 새어 나왔다. 처음에는 조명이 켜져 있는 것인가 생각했지만 그런 것치고는 너무 약하다. 올려다보니 라운지처럼 천장 중앙이 유리로 되어 있고, 빛은 거기서부터 들어오고 있었다.

"역시."

히라도가 감탄사를 토하며 스위치를 켜자 천장 조명이 환하게 켜졌다.

창문이 없는 새하얀 방이었다. 벽도 천장도 바닥도 모두 선명한 흰색이다. 어제부터 억압된 검은 세계에 살고 있었던 탓에 그 흰색이 눈을 찔러와 아프다.

방의 한가운데와 왼쪽 벽에는 허리춤 정도 높이의 쇼케이스가 진열되어 있다. 박물관이라기보다는 자료관의 느낌이다. 오른쪽 안쪽에는 침실로 이어지는 문이 보이고, 그 옆에는 키 높이 정도의 오래된 목제 괘종시계가 시간을 새기고 있다. 이 시계는 파이어플라이관에 설치되어 있는 몇 개의 시계와 같은 종류로 계단과 복도 모퉁이, 라운지 등 이미 일곱 개 정도는 보았다.

그리고 쇼케이스 안에는 말할 필요도 없이 반디가 들어 있다.

"……확실히 파이어플라이. 명실상부한 파이어플라이군요."

뾰족한 머리를 조금 오른쪽으로 기울이면서 시마바라가 숨을 내쉬었다.

자세히 보니 반디와 애반디 등의 일본 반디는 물론이고, 플레이트의 설명에 따르면 유럽이나 동남아시아, 중남미 등 각국의 반디의 성충이 케이스에 정연하게 진열되어 있다. 당장이라도 날갯짓을 할 것처럼 윤기가 도는 몸의 빛깔을 유지하면서. 족히 2~300종은 될 것이다. 다만 듣기로는 반디는 세계에 수천 종류나 있다고 하니 컬렉션으로서는 아직도 극히 일부에 지나지 않는 셈이다. 실제로 서쪽 벽에 있는 케이스에는 플레이트만 설치되어 있을 뿐이고 아직 한 마리도 장식되어 있지 않았다.

"가가 게이지의 것인가요?"

"처음부터 새로 모았을 거야. 10년간이나 방치되었으면 아무래도 썩어버렸겠지."

목소리가 다소 억제된 걸 보니 쭉 진열되어 있는 반디의 괴이한 모습에 히라도도 다소 기가 눌린 듯하다.

"하지만 여기까지 잘도 모았네요. 이 건물의 리모델링에 쏟아부은 총액을 생각하면 대단한 금액이 아닐지도 모르겠지만, 생물은 수입 규제 같은 게 있어서 해가 갈수록 까다로워지고 있으니까요."

몸을 구부려 반디를 자세히 바라보면서 시마바라가 중얼거렸다.

"최근에는 진귀한 색깔의 거대 장수풍뎅이도 백화점에서 팔기도 하니까 규제는 예전보다 오히려 덜할지도 몰라. 다만 많은 종이 멸종되었다고 하니까 모든 종을 갖추는 건 불가능하겠지. 하긴, 사세보 형 성격상 뒷거래로 어떻게든 했을 것 같기도 하지만."

"무시무시한 TOG의 재력인가요? 이것도 한 재산 될 것 같은데 이대로 또다시 썩게 놔두는 거예요?"

"대학이나 박물관에서 가만히 놔두지는 않을 것 같은데 10년 전에 가가 게이지의 컬렉션을 인수하지 않은 것을 보면 아무래도 망설이고 있는 것일지도 모르겠어. 사실 반디는 그 덧없음이 매력이니까 이대로 재와 먼지가 되는 편이 실제로는 더 나을지도 모르지만."

"그리고 우리처럼 오컬트를 좋아하는 사람들이 탐험하러 오겠죠."

시마바라가 메마른 웃음을 띤다.

"인터넷 덕분에 10년 전과 비교하면 정보의 전파 속도나 정확도가 차원이 다르니까. 분명 대단한 소동이 벌어질 거야. 사세보 형의 가족이나 친지들이 어떤 사람들이 있는지 모르지만 비용을 지불하면서까지 봉쇄하려고 하지는 않겠지. 애초에 사세보 형이 사들일 때까지 여기가 거의 사람 손을 타지 않았던 것이 가장 큰 요행이었을지도 모르겠군."

"아킬리즈 OB의 별장이자 멤버들의 합숙 장소였던 저택이 이번에는 탐험 대상이란 말인가요. 거참 얄궂네요."

"'미이라 잡이가 미이라로……'를 실제로 옮겨놓은 것 같은 셈이지. 그런데 여기도 현장이 아닌 것 같군. 보다시피 아무것도 없어."

라운지의 반 정도는 족히 될 법한 넓은 실내에 있는 것이라곤 유리로 된 쇼케이스뿐이다. 맥이 빠질 정도로 아무것도 없다. 하지만 생각했던 것 이상으로 조망이 좋아서 중앙의 케이스 주위를 한 바퀴 돌면서 모든 것을 훑어볼 수 있다. 또한 벽이나 카펫, 케이스도 모두 순백이라서 혹시나 혈흔 같은 것이 있다면 금세 알 수 있을 것이다.

"그렇다면 누가 숨어 있을 가능성도 없다는 것이네요."

물론 이것은 시마바라가 한 말이다.

"그렇다고 하는 것은 1층으로 통할 가능성도 없다는 것이네요."

히라도가 시마바라의 말투를 흉내 내며 놀렸지만 시마바라는 태연히 방 한구석을 가리켰다. 침실로 향하는 문과 괘종시계가 있는 곳과는 반대쪽 구석을.

반디의 방 안쪽에는 3미터 정도 되는 공간의 바닥이 한 층 높게 되어 있다. 가가는 컬렉션의 전시 겸 연주를 하고 있었다고 하니 아마도 그것을 위한 무대였을 것이다. 그 귀퉁이에 작은 문이 있었다. 벽과 같은 색으로 울퉁불퉁한 장식도 일체화되어 있기 때문에 한눈에는 알아보기 힘들다. 하지만 자세히 보면 자그마한 손잡이도 달려 있다.

"저기에 계단이 있을지도 몰라요."

"그렇다면 저곳에 범인이 숨어 있을지도 모르겠군."

"열쇠 구멍이 없는 것 같은데 숨어 있다면 진땀 좀 흘리고 있겠는데요."

지금 응수는 시마바라가 약간 유리한가.

열쇠가 잠긴 수수께끼의 방. 그 안에는 비밀의 문이 있다. 왠지 RPG라도 하고 있는 기분이다. 이 문 너머에는 지하 던전으로 이어지는 길이……

이 파티*에서는 누가 용자일까? 선배인 히라도? 선봉장 역할의 시마바라? 그도 아니면 왓슨 역을 맡고 있는 나?

이런저런 생각을 하는 중에 성큼성큼 다가온 시마바라가 기세 좋게 문을 열었다. "야" 하고 히라도가 멈춰 세울 틈도 없이 마치 자신의 설을 확신하는 듯.

문 안쪽은 단순히 콘크리트로 둘러싸인 창고였다. 천장에는 싼 티 나는 형광등이 달려 있고 반디의 방과 비교하면 훨씬 허술하게 만들어져 결코 쾌적한 거주공간이 아님을 한눈에 알 수 있다. 3면 중 정면에 보이는 벽은 회색 콘크리트 표면이 그대로 드러나 있지만 오른쪽에는 넓은 선반이 두 개 놓여 있어 공구함이나 박스, 보면대 등 잡다한 물건이 어수선하게 늘어서 있었다. 그에 반해 왼쪽은 크림색의 두꺼운 커튼으로 칸막이를 해놓아 시계가 가려져 있다. 딱 보아하니 천장에는 임시변통으로 만들어놓은 커튼 레일이 있어 처음부터 설치되어 있던 것은 아닌 듯하다.

• RPG 게임 중 함께 싸우는 동료들.

244

물론 흥미를 끈 것은 그 커튼의 안쪽이었다. 사람이 있는 낌새는 없지만 무언가가 있다. 분명히 있다.

시마바라가 앞질러 가자 자존심에 자극을 받았는지 이번에는 히라도가 앞서서 커튼에 손을 댄다.

다음 순간 도중까지 움직인 히라도의 손이 딱 멈추었다. 긴장감이 순식간에 퍼졌다.

"누구야!"

엄한 목소리를 날려보지만 반응이 없다.

"누구 있어요?"

턱수염 끝까지 팽팽해진 듯한 긴장된 표정이 긍정을 의미하고 있다. 커튼을 쥔 팔은 딱딱하게 멈춰진 채. 긴장된 시간만이 흐른다. 10초, 20초……. 이윽고 히라도는 크게 숨을 들이쉬고 "놀라게 하지 말라고!" 하며 커튼을 완전히 젖혔다.

창고의 희미한 조명에 비춰진 것은 등신대의 인형이었다. 살결이 흰 밀랍인형이다. 그것도 한 구가 아니라 다섯 구나 있다. 그것들이 커튼으로 구분된 겨우 다다미 세 장 정도의 공간에 따닥따닥 붙어 있었다.

"뭐죠, 이건?"

꽤나 정교한 밀랍인형이었다. 하나하나의 얼굴이 크게

다른 걸 보니 구체적인 모델이 존재하는 듯하다. 남자가 네 구, 여자가 한 구. 모두 티셔츠나 파자마 등의 편한 차림으로 얼굴에는 번민의 표정을 짓고 있다. 밀랍 특유의 광택과 맞아떨어져 형용할 수 없는 공포감을 불러일으키고 있다. 번민하는 이유는 확실하다. 다섯 구 모두 가슴에 단검이 꽂혀 있기 때문이다. 그것도 본 적이 있는 은색 단검이……

"혹시……"

"그런 것 같군요."

중앙의 여자 밀랍인형을 쳐다보며 시마바라는 끄덕였다. 깊은 한숨을 내쉬며.

"사세보 형이 주문해서 만들었겠지. 대단하네."

대단하지만 심한 악취미이다. 범죄자의 밀랍인형이라고 하면 마담 투소(Madame Tussauds) 저택이 유명하지만 피해자가 살해당한 순간을 그대로 만들어놓다니. 시마바라가 아니더라도 한숨을 쉬고 싶어진다.

"그런데 어째서 다섯 구밖에 없어요?"

그렇게 묻자 히라도는 소리를 높여 대답했다.

"그러게. 이것도 미완성인 셈이네. 만일 일곱 구, 혹은 가가 게이지를 넣어서 여덟 구 모두가 완성되었다면 당당하게 전시하지 않았을까? 살인 현장인 우리들의 방에다."

"설마, 그런!"

이것이 침대 옆에 서 있다니 상상만으로 소름이 끼친다. 그런 데서 아무렇지 않게 편안히 잘 수 있는 사람은 사세보를 제외하면 히라도 정도가 아닐까 싶다.

"그러고 보니 사세보 선배, 합숙에 딱 맞추지 못했다며 분해했었는데 반디가 아니라 인형을 말했던 건지도 모르겠네요."

"그럴지도. 하지만…… 어쩌면."

히라도가 몸을 구부려 인형의 손가락을 보았다. 하지만 바로 어처구니없다는 얼굴로 쓴웃음을 지었다.

"히라도 형. 혹시 인형에 지문이 새겨져 있지 않을까 생각하셨죠?"

시마바라가 예리하게 지적한다.

"잘도 맞추네. 그래야 라이벌이라 할 수 있지. 하지만 아니었어. 아무리 정교한 밀랍인형이라도 지문까지는 새기지 않았겠지."

민망한지 자신의 뒤통수를 팍팍 치면서 히라도는 잠시 다섯 얼굴을 비교했다.

"이 얼굴 어디선가 본 것 같은데 말이야."

네글리제를 입고 있는 여자의 얼굴을 주시하며 불쑥 말한다.

"사진으로 본 것 아니에요? 고마츠 교코라면 솔로 활동으로도 꽤 유명했으니까."

고개를 약간 숙인 자세로 시마바라가 지적한다. 최고의 침착함을 자랑하던 시마바라도 이 광경을 보고는 제법 충격을 받은 것 같다. 오히려 범인이 숨어 있는 편이 덜 충격적이었을지도 모른다.

"……그럴지도."

뭔가 찜찜한 듯한 얼굴로 히라도는 인형에서 떨어졌다. 지금까지 그려왔던 사세보라는 인간상에 어떻게 수정을 가해야 할지를 생각하고 있을 것이다.

"……하지만, 이상해요."

"왜 그래, 왓슨 군?"

걸음을 멈춘 히라도가 뒤돌아본다.

"그도 그럴 것이 고마츠 교코는 행방불명이었잖아요. 그런데 어째서 살해당한 밀랍 인형이 존재하는 거죠?"

"……그것도 그러네. 살아 있든 죽었든 사건 후에 고마츠 교코가 발견되었다고 하는 이야기는 못 들어봤으니까. 남자만 있는 것보다 여자 인형도 있는 편이 분위기가 사는 데다, 경찰에서도 살해당했을 거라고 추측하고는 있지만……. 사세보 형치고는 지나친 연출이군."

"혹시 사세보 선배는 리모델링 공사를 할 때 어떤 단서를 발견해서 고마츠 교코가 이미 살해당했다는 것을 확신한 것은 아닐까요?"

"충분히 그럴 수 있지. 뭐야, 왓슨 주제에 똑똑하잖아."

히라도는 칭찬인지 욕인지 알 수 없는 말을 한 뒤, 곧바로 이어서 말했다.

"이 인형과 함께 대대적으로 자신의 추리를 보여줄 예정이었을지도 모르지. 일반 사람들에게는 대단한 일이 아닐지 몰라도 사세보 형에게는 로제타스톤에 버금가는 대발견이었을 테니까. 다만 그 전에 바로 그 사세보 형이 죽어서 추리도 암흑 속으로 묻혀버렸지만. 잠깐……. 어쩌면 고마츠 교코의 죽음이 증명되면 곤란해질 자가 사세보 형을 죽였을지도 모르겠는데."

"그리고, 침실 노트북에는 그 추리가 기록되어 있었다는 말씀입니까? 어이없네요."

입을 다문 채 경청하던 시마바라였지만 역시 완전히 무시해버린다.

"의외로 그렇게 쉽게 부정할 수는 없다고. 예를 들자면 말이야, 고마츠 교코가 살해당한 후에 옮겨졌다는 명확한 증거가 남아 있다면. 어때, 그 사건에는 가가 게이지뿐만 아니라 다른 또 한 명이 관여했을지도 모른다는 의혹이 생기겠지? 그렇게 되면 공범은 두 다리 쭉 뻗고 잘 수 없게 될 테고. 시효는 아직 5년이나 남았어."

"히라도 형의 설에 의하면 범인은 사세보 선배가 데리고 온 젊은 여자죠? 그 여자가 10년 전의 범인이라고 말하고 싶은 거예요? 나이가 맞지를 않는다고요."

"부모의 명예를 지키기 위해서, 라든가. 요즘 같은 시절에 그런 기특한 딸이 있을지 없을지는 별개로 치고. …… 그런데 고마츠 교코가 살아 있다고도 죽었다고도 확정짓지 못하는 지금 상황은, 현세의 주민도 아니고 피안의 주민도 아닌 유령이라는 의미와 마찬가지잖아. 그렇다고 하면 사세보 형이 이 유령의 집에서 보고 있었던 유령은 고마츠 교코였을지도 모르겠군."

그렇게 중얼거리며 히라도는 정면에 보이는 콘크리트 벽을 쿵쿵 쳤다. 둔탁한 소리가 돌아왔다.

"이것으로 꽉 막힌 상황이 된 셈이군. 계단은 없었지?"

혹시나 해서 안쪽 벽을 밀어보았지만 꿈쩍도 하지 않는다.

"없는 것은 범인도 마찬가지예요."

곧바로 시마바라가 되받아친다. 어디까지나 평행선. 그러나 그들은 용자다. 이윽고 광명을 찾아낼 것이다. 하지만 나는? 전사로서 사명을 완수할 수 있을 것인가. 자신감이 넘치는 저 두 사람의 모습과 비교하면 불안함만 끓어넘친다.

어둑하고 축축한 창고에서 반디의 방으로 돌아오자 실내는 눈부실 정도로 새하얗다. 변함없이 비가 쏟아 붓고 있는 천장은 우물 바닥처럼 탁했지만 천장 조명의 빛이 벽에 반사되어 부족함을 채우고도 남을 역할을 하고 있었다. 딩 하고 종소리가 한 번 울린다. 무의식중에 구석에 있는 시계를 본다. 정확히 두 시 삼십 분을 가리키고 있었다.

"놀래키지 말라고."

갑자기 놀랐는지 가볍게 가슴을 누르며 히라도는 시계추를 노려보았다.

"히라도 형, 사실 무서우시죠?"

시마바라가 심술궂게 말한다. 바짝 선 금발 끝에 먼지가 묻었는지 몇 번이나 털고 있다.

"설마. 외부의 변화에 예민할 뿐이라고. 예민하면 예민할수록 빠르게 대처할 수 있어. 동물로서의 야성이 뛰어나

251

다는 거지."

"말은 하기 나름이네요. 그러면 오무라 형은 흡사 경계심 강한 우수한 초식동물이겠군요?"

"겁이 많은 동물은 겁이 많기 때문에 살아남아서 그 수를 늘리는 거야. 이건 명백한 진실이다. 그리고 과감한 사세보 형은 그 과감함 때문에 허망하게 살해당했지."

생명이 빠져나간 허물인 반디 표본, 두 번 다시 빛날 일이 없는 반디 무리를 보면서 히라도는 쓸쓸히 중얼거렸다.

표본도 밀랍인형도 혼이 빠져나간 허물이라는 점에서는 똑같을지도 모른다.

그 후, 주방 안쪽이나 밖의 차고 등 그럴듯한 곳들을 죽 둘러보았지만 새로운 발견은 없었다. 범인이 숨어 있는 흔적은 현재로는 손톱만큼도 없다. 히라도와 시마바라는 각자 생각하는 바가 있는 듯, 비에 젖은 몸을 타월로 닦으면서 말없이 자신들의 방으로 돌아갔다. 아마도 혼자 상황을 정리하고 있을 것이다.

두 탐정 중에 누가 이길지 그 판정은 다음 시합으로 넘어간 것 같다. 추리할 필요가 없는 왓슨 역은 하릴없이 침대에 누워서 이어폰을 끼고 멍하니 있었다. 그러던 중에 어제부터 쌓인 피로 탓인지 어느샌가 정신없이 잠들어버렸다.

변함없는 빗소리 리듬에 잠이 깨서 시계를 보니 다섯 시를 지나고 있다. 해는 아직 떨어지지 않았을 텐데 그래도 어느 정도 어두워져 있다.

모두들 어떻게 하고 있을까?

라운지에 내려갔지만 아무도 없다. 주방을 엿보니 조용한 주방에서 앞치마를 두른 치즈루가 혼자서 저녁 준비를 하고 있었다. 말을 걸자 깜짝 놀란 듯 움찔했다.

"뭐예요, 놀래키지 마세요. 칼 쓰고 있으니까."

"미안, 미안. 그보다 저녁도 마츠우라 네가 담당이야?"

가볍게 사과한 뒤 물었다.

"제일 막내니까요, 제가."

별달리 신경 쓰는 기색도 없이 식칼로 감자 껍질을 벗기고 있다. 희고 가녀린 손으로 요령 좋게 손목을 돌리며 슥슥 껍질을 벗기는 솜씨가 좋다.

"그건 그렇고, 굉장해요 여기 냉장고. 이세 새우하고 전복 같은 것도 들어 있다고요. 사세보 선배는 도대체 뭘 만들 속셈이었을까요?"

안쪽에 자리 잡은 스테인리스 냉장고는 업소용으로, 양쪽 문 안쪽에 돌고래라도 들어갈 정도로 컸다.

"……냄비요리 아닐까?"

"뜬금없으시네요. 냄비요리를 싫어하는 건 아니지만."

치즈루는 안경 너머로 피식 웃었다. 부드러워 보이는 양 볼에 보조개가 생긴다.

"그럼 마츠우라, 너라면 뭘 만들 거야?"

"글쎄요. ……부이야베스 같은 건 어때요?"

"그거 냄비요리랑 비슷한 거 아니야?"

"그런가? 그러네요. 그럼 파에야."

메뉴를 생각하는 것이 재미있는지 하던 손을 멈추고 하나하나 늘어놓는다.

"무슨 다과회 같다. 히라도 형 같으면 해물은 찜이지 하며 투덜댈 거야."

"그러고 보니 신입생 환영회에서 심하게 불평했었죠? 맛이 진하다고."

"노인네라 어쩔 수 없어. 미각이 쇠했어. 그건 그렇고 감자는 무엇에 쓰려고?"

"그라탱을 만들어볼까 하고요. 이렇게 훌륭한 가스오븐도 있으니. 오무라 선배는 도미 너츠 무침을 메인으로 할 생각인 것 같지만."

치즈루는 칼로 개수대를 가리켰다. 큰 소쿠리에 연분홍빛이 선명한 참돔 두 마리가 있다. 바로 그 위 수도꼭지에서 가늘게 물이 나오고 있다.

"이제 손질하려는 건가. 그러고 보니 오무라 형은?"

"잠깐 볼일이 있다고 자기 방에 돌아갔어요. 다시 돌아온다는 것 같은데."

아직 모르는 것인지 태연한 얼굴로 대답한다. 무사태평한 허스키보이스.

"그때까지 좀 도울까. 나도 2학년이니 뭐, 저학년이지."

"괜찮아요. 어떻게든 되겠죠."

그렇게 말하지만 치즈루 옆에는 산처럼 쌓인 감자가 흙이 묻은 상태로 굴러다니고 있다. 어쨌든 6인분이다.

"그것도 그렇지만 혼자서는 위험하잖아. 범인이 어디에 숨어 있는지도 모르고."

새까맣게 잊고 있었던 것 같다. "앗" 하는 소리와 함께 안경 안쪽의 암갈색 눈동자가 크게 흔들린 듯하다.

"껍질은 내가 벗길게."

255

반강제로 칼과 감자를 뺏는다. 치즈루도 이번에는 사양하지 않았다. 그런데 그러고 보니 감자 껍질을 칼로 벗겨본 적이 없다. 벗긴다기보다 깎는 것처럼 파편이 된 껍질이 발밑 양동이에 떨어진다.

"여기 필러가 있어요."

보다 못한 치즈루가 부랴부랴 서랍에서 스테인리스 필러를 꺼내왔다.

"미안, 오히려 번거롭게 해서."

"아니에요, 아니에요. 그러면 이것도 부탁드립니다."

덧붙여 당근 봉지를 건네줬다.

"올 라잇!"

목소리만은 기운차게 등을 구부리고 열심히 벗기기 시작한다. 뭐니 뭐니 해도 필러를 쓰니 이번에는 순조롭다.

"선배, 의외로 자상하시네요."

앞치마에 손을 닦은 뒤 가스레인지 위의 납작한 냄비에 화이트소스용 우유를 부으며 치즈루가 나직이 말했다.

"뭐야, 몰랐던 거야? 하지만 이런 때라서 그러는 거야. ……그보다 마츠우라, 너는 무섭지 않니?"

"무섭죠. 가슴이 콩닥콩닥 뛸 정도로."

치즈루는 왼손으로 가슴을 누르며 공포심의 정도를 나

타내려고 했다. 그때 오른손으로만 잡게 된 우유팩이 크게 기울어 다량의 우유가 냄비로 콸콸 쏟아졌다.

"아아, 이런. 화이트소스가! ……우유가 많은 편이 더 맛있겠죠?" 하며 매달리듯 내 쪽을 바라본다.

"괜찮지 않을까, 그걸로. 다만 레시피는 모두에게 비밀로 해두는 편이 좋을 것 같지만."

"그렇게 할게요."

쑥스러운 듯이 안경을 가볍게 고쳐 쓰며 웃더니 "…… 무섭지 않으세요?"라며 정색하며 되묻는다.

"무섭지. 언제 덮칠지 모르니까 안절부절못하겠어. 하지만 가장 무서운 것은 이대로 비가 그치지 않는 것이 아닌가 하는 생각이 드는 거야."

"그거 왠지 알 것 같아요. 아침에 그런 일이 일어났었는데, 아직 반나절밖에 지나지 않았는데도 왠지 익숙해져서, 침착해지고, 마음이 편해지고, 어쩌면 이대로 비가 계속 내려서 이 생활이 일상이 되어버리는 것이 아닐까 하면서 말도 안 되는 상상을 불현듯 해버렸을 때, 무서워지죠?"

"이 생활이 일상이라니?"

"10년 후에도 이렇게 계속 감자를 벗기고 있는 거죠."

진지한 얼굴로 치즈루는 대답했다.

"······아무리 그렇다고 해도 거기까지는 생각하지 않았어. 도대체 몇 만 개 벗길 셈이야. 참치잡이 배도 아니고. 굉장하다, 마츠우라. 발상이 튄다."

"그래요?"

칭찬해준 건데 불만스러워 보인다. 당연한가. 치즈루는 가볍게 입을 뿌루퉁하면서 냉장고에서 버터를 꺼냈다. 이 일뿐만이 아니라 치즈루의 발상은 가끔씩 튀다 못해 날아다니는데 본인은 전혀 자각이 없다. 그렇기에 항상 폭발의 위험을 안고 있다.

"아직도 히라도 선배하고 탐정 흉내 내고 있죠? 누가 덮치기라도 하면 어쩌려고."

"나는 그 두 사람한테 왓슨 역을 배정받았으니까. 진상을 밝히려고 돌진하는 것도 아니고 하니 괜찮아. 히라도 형이나 시마바라는 입막음으로 죽임을 당할지 몰라도 말이야."

"그만하세요."

치즈루는 진짜로 화를 냈다.

"히라도 선배는 그렇다 치고, 시마바라는 무리하지 않으면 좋을 텐데."

"둘이 호흡이 맞는 것 같으니까 뭐 괜찮을 거야. ······그러고 보니 마츠우라는 어째서 시마바라한테만 그렇게 엄격해? 같은 1학년이라도 시카마치나 에무카에한테는 그렇지 않으면서."

"으 — 음."

치즈루는 입술에 손가락을 대고 생각했다.

"왜일까요? 성격인가? 시마바라는 그렇잖아요. 미덥지 않다고 할까, 유치하다고 할까. 그래도 싫어하는 건 아니에요. 금방 정색하고 그러는 것도 재미있고."

금방 정색하는 것은 치즈루도 똑같은 것 같다.

"시마바라는 어떨까?"

"글쎄요? 괜찮아요, 분명. 친구니까."

"〈톰과 제리〉 같은 건가?"

"그런 경우에는 당연히 제가 제리겠죠?"

"시마바라가 들으면 격노하겠다."

"어째서요? 딱 봐도 톰이잖아요. 아니면 제가 톰이라는 말씀이세요?"

농담이라고만은 할 수 없는 얼굴로 치즈루가 따지고 들었지만 금세 어두운 표정을 지으며 나직이 중얼거렸다.

"……그런데 아킬리즈의 희생자는 결국 두 명이 되었네요. 역시 오컬트 스폿 같은 곳에 다닌 벌일까요?"

"두 명……. 한 명은 츠시마 말하는 거야?"

"그래요. 제가 들어오기 전이지만 츠시마 츠구미라는 분이 '조지'에게 살해당했죠? 어제 시마바라가 말했지만."

아아 하며 침울한 얼굴을 보이자 치즈루가 조심스럽게 물었다.

"츠시마 씨하고는 친했어요?"

"그런 건 왜 물어?"

"아니요, 그냥."

치즈루가 눈을 내리깔며 말을 머뭇거린다.

"여기 선배들 하나 같이 이상하잖아. 히라도 형을 봐도 그렇고, 오무라 형도 그렇고."

"남의 일처럼 말하실 입장인가요, 서언배니임!"

다소 누그러진 듯 치즈루는 고개를 갸웃하며 입가에 미소를 띠었다. 그 동작이 츠구미와 약간 닮았다.

"뜻밖인데? 나도 그렇게 이상한가?"

"그런 뜻이 아니고요."

당황했는지 바로 코앞에서 두 손을 흔들며 부정한다.

"츠시마가 살해당했을 때는 충격이었어. 바로 전까지 발랄하게 웃고 있었는데. 믿을 수가 없었어."

"역시……. 아니, 아무것도 아니에요."

무언가 말하고 싶다는 듯 순간 이쪽을 봤지만 금방 시선을 돌리고 화이트소스를 젓는다. 몇 번이고 몇 번이고. 증기 때문에 렌즈가 뿌옇게 되었다.

하는 수 없이 얼마 동안 입을 다문 채 감자를 벗기고 있으니 다시 치즈루가 물었다.

"하나만 여쭤봐도 될까요?"

"뭐야?"

"어째서 츠시마 씨가 살해당했을 때 아킬리즈를 그만두지 않았어요? 게다가 이런 살인 현장까지 구경을 오다니. 저라면……."

"마츠우라라면?"

"아니, 아무것도 아니에요"라며 또다시 치즈루는 머뭇거리면서 덧붙였다.

"설마 사세보 선배가 살해당할 거라고는 생각지도 못했으니까."

"나도 마찬가지야. ……빨리 여기서 나갈 수 있으면 좋으련만."

"그렇게 말하지 마세요, 불길하게. 또 누군가 죽을 것 같잖아요."

부엌 출입구 쪽을 흘깃 보더니 진짜로 겁을 먹은 눈치

다. 어깨를 부르르 떠는 동작이 귀엽다.

"미안, 미안. 하지만 뭐, 히라도 형의 설이나 시마바라의 설 모두 더 이상 살인은 없다는 것 같아."

"그러면 좋을 텐데요. 히라도 선배는 둘째치고라도 시마바라의 말은 좀 믿을 수가 없다고 할까. 그래도 정말로 이것으로 끝났으면 좋은데."

가까이 살펴보니 눈에 망설임이 느껴졌다.

"……저기 말이야."

가까이 가서 말을 걸려는 찰나, 라운지로부터 히라도의 고함이 울려 퍼졌다.

"어이, 이사하야. 이사하야 어딨어?"

거리는 멀지만 워낙 큰 소리라 주변의 공기가 유리처럼 부서져 내린다. 그에 호응하듯 치즈루는 퍼뜩 시선을 돌리며 말했다.

"깜빡했다. 저 욕실에 물 받은 것 좀 보고 올게요. 목욕물 받아놓았거든요."

치즈루는 일어서서 가스레인지의 불을 끄고 다급하게 주방을 나섰다.

파이어플라이관 살인 사건 1 (원제 : 螢)

1판 1쇄 2015년 2월 25일

지 은 이 마야 유타카
옮 긴 이 김영주

발 행 인 주정관
발 행 처 북스토리(주)
주　　소 경기도 부천시 원미구 상3동 529-2 한국만화영상진흥원 311호
대표전화 032-325-5281
팩시밀리 032-323-5283
출판등록 1999년 8월 18일 (제22-1610호)
홈페이지 www.ebookstory.co.kr
이 메 일 bookstory@naver.com

ISBN 979-11-5564-036-4　04830
　　　 979-11-5564-035-7　(세트)

※잘못된 책은 바꾸어드립니다.

이 도서의 국립중앙도서관 출판시도서목록(CIP)은 e-CIP 홈페이지
(http://www.nl.go.kr/ecip)에서 이용하실 수 있습니다.
(CIP제어번호 : CIP2015001291)